CB079593

GONE

DESAPARECER

Livro 3

LISA McMANN

GONE

DESAPARECER

Livro 3

novo século®

São Paulo 2010

Gone
Copyright © 2009 by Lisa McMann
Published by arragement with Simon Pulse, an Imprint of Simon & Schuster Children's Publishing Division. No part of this book may be reproduced or transmitted in any form or by any means, electronic or mechanical, including photocopying, recording or by any information storage and retrieval system, without permission in writing from the Publisher .
Copyright © 2010 by Novo Século Editora Ltda.
All rights reserved.

PRODUÇÃO EDITORIAL Equipe Novo Século
COMPOSIÇÃO DE CAPA Equipe Novo Século
PROJETO GRÁFICO Equipe Novo Século
DIAGRAMAÇÃO Diego Cortez
PREPARAÇÃO Catia Almeida
REVISÃO Larissa Wostag Ono
Patrícia Murari

Dados Internacionais de Catalogação na Publicação (CIP)
(Câmara Brasileira do Livro, SP, Brasil)

McMann, Lisa
Gone : livro 3 / Lisa McMann , [tradução Ana Death].
-- Osasco, SP : Novo Século Editora,
2010. --)Trilogia Wake)

Título orginal: Gone.

1. Ficção norte-americana I. Título. II Série

10-11121 CDD-813

Índices para catálogo sistemático:

1. Ficção : Literatura norte-americana 813

2010
IMPRESSO NO BRASIL
PRINTED IN BRAZIL
DIREITOS CEDIDOS PARA ESTA EDIÇÃO À
NOVO SÉCULO EDITORA.
Rua Aurora Soares Barbosa, 405 – 2º andar
CEP 06023-010 – Osasco – SP
Tel.: (11) 3699-7107 – Fax: (11) 3699-7323
www.novoseculo.com.br
atendimento@novoseculo.com.br

Para todos aqueles que
têm problemas em casa.
Vocês não estão sozinhos.

JUNHO DE 2006

24 horas/7 dias por semana/365 dias no ano

É como se ela não conseguisse mais respirar, não importa o que fizesse.

Como se tudo estivesse perto dela, uma multidão formando-se ao seu redor. Ameaçando-a.

A audiência. A verdade vindo à tona. Reviver a festa do Durbin na frente de um juiz e dos três canalhas olhando-a de cima até embaixo. Câmeras seguindo-a no primeiríssimo segundo em que colocasse os pés para fora da sala do tribunal. Exposta como agente da narcóticos, com todo mundo na Fieldridge falando disso.

Falando dela.

Durante semanas, ela está nas notícias locais. É fofoca no mercadinho. No centro da cidade. As pessoas apontam, murmuram com as cabeças bem perto umas das outras, com aqueles olhares estampados nos rostos. Vêm aleatoriamente até ela e fazem perguntas invasivas. Estranhos, antigos colegas de classe, inclinando-se a ponto de invadir seu espaço, sussurrando, como se fossem seus confidentes mais próximos. *Então, o que eles realmente fizeram com você?*

Janie não foi feita para isso – ela é do tipo solitário. Do tipo que fica à margem. É como se ela nunca tivesse tido tempo de fazer com que todas as outras coisas entrassem em seu consciente – as coisas reais, aquelas que importam. As coisas relacionadas às mudanças em sua vida. As coisas do caderno verde.

Ficar cega. Perder o uso das mãos.

A pressão é de tirar o fôlego.

Ela está ficando sufocada.

Só quer correr.

Esconder-se.

Para que possa apenas viver.

Julho de 2006

Cinco minutos que fazem a diferença.

Do outro lado da mesa. O lugar perto dela, vazio.

– Eu não sei mais – diz ela. – Eu não sei.

Pressiona as palmas de suas mãos contra as têmporas, esperando que sua cabeça não exploda.

– O que você decidir – diz a mulher.

É o segredo delas.

E ENTÃO

Terça-feira, 1° de agosto de 2006, 7h25

– Não consigo respirar – sussurra ela.

Os dedos quentes dele enlaçam as costelas dela, atravessando sua pele com o calor, até chegar aos pulmões congelados. Ele a abraça. Beija-a. Respira por ela. Através dela.

Faz com que esqueça.

Depois disso, ele diz:

– Vamos indo. Agorinha. Venha!

Ela faz o que ele manda.

Na viagem de carro que dura três horas, ela olha, por entre os cílios, para seus dedos borrados, curvados em seu colo. Finge estar dormindo. Incerta sobre o porquê. Apenas mergulhada no silêncio. E sabendo lá no fundo.

Sabendo que ele,
e isso,
não são respostas para os seus problemas.

Ela está começando a perceber o que é.

A PRIMEIRA QUINTA-FEIRA

3 de agosto de 2006, 1h15

Não se encontra curiosos em lugar algum neste lado do estado. Aqui, na cabana alugada de Charlie e Megan, em Fremont Lake, ninguém a conhece. Os dias passam em paz, mas as noites... em uma pequenina cabana, as noites são ruins. Sonhos não tiram férias, quando as pessoas estão de férias.

Tem sempre alguma coisa, né? Sempre alguma coisa e nunca nada para Janie. Nunca, nunca, nada.

Como o carro que, um dia, um médico lhe disse que nunca deveria dirigir... Ela sente desejo por ele. Um desejo intenso, ilusório. E quando o próximo pesadelo começa, ela pensa nisso para valer.

1h23

Janie estremece em um sofá cheio de saliências. Ao lado dela, estirado em uma cadeira de descanso, está Cabe. Dormindo.

Sonhando com ela.

Janie o observa, como faz às vezes quando ele tem doces sonhos. Armazenando lembranças. Para depois. Mas este...

Eles estão jogando *paintball* em um campo aberto, com uma dezena de pessoas sem rostos. Parece um videogame. Cabe e Janie atravessam os obstáculos e atiram um no outro, rindo, esquivando-se, escondendo-se. Cabel avança furtivamente e dá dois tiros em Janie; duas bolas vermelhas de tinta.

Que acertam em cheio os globos oculares dela.

Tinta vermelha escorre por suas bochechas; há buracos onde antes haviam olhos.

Ele continua atirando e arrancando um membro de cada vez, até que Janie vira um tronco com o rosto cheio de listras de tinta.

Ele chora, soluçando, com remorso. Ajoelha-se ao lado dela no chão, então a pega e a carrega, colocando-a em uma cadeira de rodas. Empurra a cadeira, até uma parte vazia do campo. Depois, joga Janie lá na grama amarela.

Janie arranca-se do pesadelo. Sabe que não deveria estar desperdiçando sonhos. Mas não consegue evitar. É incapaz de ignorar.

Quando consegue enxergar, fica com o olhar cravado no teto, no escuro, enquanto Cabe se remexe e se vira de um lado para o outro. Ela passa o braço sobre os olhos, tentando esquecer. Tentando fingir que isso não está acontecendo por dois meses seguidos.

– Por favor, pare – ela sussurra. – Por favor.

4h23

Ele volta a sonhar, e ela é forçada a acordar de novo.

Segura a cabeça.

Janie e Cabel estão no quintal da casa de Cabe, sentados na grama verde. Os braços de Janie terminam em seus cotovelos. Os olhos dela estão fechados, costurados com linha, e as agulhas ainda estão lá, presas nos fios, penduradas, caindo pelas bochechas dela. Lágrimas negras.

Cabel está agindo como um louco. Ele puxa uma espiga de milho de um saco da mercearia e tira a palha. Ele a prende a um dos cotovelos de Janie. Tira duas bolinhas de gude do saco de papel. Grandes bolinhas de gude da cor de olho de tigre, marrons. Empurra-as para dentro das pálpebras costuradas de Janie, com força, mas elas não querem aderir. Janie cai para trás como uma boneca de pano, incapaz de se segurar sem as mãos. A espiga de milho solta de seu braço e sai rolando para longe. Cabe segura nas mãos as bolinhas de gude da cor de olho de tigre.

Janie, dormente, não consegue mais ver aquilo. E não vai tentar mudá-lo. Não um sonho desses. Porque é sobre ela e a forma como Cabe está lidando com as coisas. Parece totalmente errado manipular isso. Ela apenas tem esperanças de que ele nunca lhe peça ajuda.

Ainda assim, ela não quer que ele fique sonhando, e ponto-final. Nada disso. Ela dá um chute nele com a perna. Conecta-se. Tudo fica preto.

– Desculpa – ele balbucia.

E volta a dormir.

Tem sido assim.

É como se tudo o que ele não consegue dizer, não consegue pôr para fora, surgisse em seus sonhos.

9h20

Agitos familiares colocam um fim nos sonhos. Um alívio bem-vindo. Janie descansa a cabeça no sofá, meio dormindo. Falando para ela mesma se recompor. Voltar à normalidade. Ela veste sua máscara, sua fachada.

Até conseguir pensar no que vai fazer a respeito.

Da vida.

Dele.

9h33

Ela ouve o ranger da cadeira de descanso, e então sente Cabel aninhando-se atrás dela no sofá. Ela fica com o corpo rígido, só um pouco. Apenas por um segundo. Então, respira fundo. Ele desliza seus dedos cálidos pela barriga dela, sob a camisola. Ela sorri, com os olhos ainda fechados.

– Você vai fazer a gente se meter em encrenca – diz ela. – Você conhece as regras do seu irmão.

– Estou em cima da coberta. Você está debaixo dela. Eles ficarão de boa com isso. E não estou fazendo nada.

Ele acaricia a pele dela, beija seu ombro. Desliza os dedos até o cós das calças de pijama dela.

– Cara! – Janie coloca seus dedos nos dele, ficando assim por um bom tempo. – Não! – ela grita, para o caso de Charlie e Megan estarem prestando atenção. – Não tem nada acontecendo aqui.

Depois, murmura para Cabel:

– Você está preparando o café da manhã. Certo?

– Certo. Estou acendendo o fogo com minha mente, fritando o bacon com os meus pensamentos mais negros e crocantes. E você achou que tinha uma habilidade especial. Pense duas vezes, senhorita.

Janie ri, mas a risada sai forçada.

– Você dormiu bem?

– É... – o queixo dele raspa no ombro dela. – Tão bem quanto alguém consegue dormir em tiras onduladas de plástico fibroso e uma vara de metal na bunda – ele belisca o lóbulo da orelha dela e acrescenta: – Por quê? Eu tive um pesadelo? Você sempre me deixa nervoso quando pergunta isso.

– Silêncio! – diz Janie. – Vai me arrumar um pouco de bacon.

Ele fica quieto por um momento e depois se levanta. Veste seu jeans.

– Está bem, certo.

9h58

Eles fazem coisas que pessoas fazem nas férias. Ficam sentados perto de Charlie e Megan, bebendo café, preparando café da manhã perto da fogueira. Relaxando. Conhecendo-se melhor.

Janie está distraída.

Ela fica olhando fixamente para tudo, com medo de não ver algo que precisa ser visto antes que seja tarde demais.

Ela realmente não sabe como tirar férias.

Além disso, há algumas coisas das quais não tem como se livrar.

Mas ela é valente. Tudo parece normal. Embora, por dentro, ela esteja em frangalhos.

Foram poucos, mas difíceis, esses meses.

Ficar frente a frente com eles – Mestre, Feliz e Loide – foi bem mais difícil do que ela imaginou que seria. Reviver todas as mentiras. A armação. Os ataques. Todas as coisas que aqueles professores fizeram. Foi horrível.

Agora que a bagunça diminuiu, as coisas ainda estão difíceis. Voltar a seu rumo de novo e encarar a realidade de um futuro como cega e aleijada... é difícil. Ter uma mãe bêbada, isso também é difícil. Pensar na faculdade, onde as pessoas estão dormindo por toda parte... e em um namorado, com dúvidas e medos que só vêm à tona em seus sonhos. A vida em geral... é. Tudo isso.

Realmente.

Tremendamente.

Difícil.

Janie e Cabe lavam a louça juntos. Na verdade, Cabel lava e Janie enxuga. Tem um quê de caseiro. Ela segura um prato com firmeza, secando-o com o pano de prato. Pensando.

Deseja saber se ele vai expressar em palavras os temores com os quais sonha.

E então ela diz, de repente:

– Você já pensou alguma vez em como vai ser isso? Sabe, se ficarmos juntos, e eu cega e capenga, derrubando e quebrando os pratos porque não consigo segurá-los...

Ela coloca o prato no armário.

Cabel estala os dedos perto dela, borrifando água nela. Sorrindo.

– Claro. Creio que sou muito sortudo. Aposto que pessoas cegas fazem um sexo excelente. Vou até usar uma venda para que fique justo.

Ele bate com seu quadril de leve no dela. Ela não ri. Endireita-se, e então pega a frigideira de aço inoxidável pelo cabo e começa a secá-la. Fixa o olhar em seu reflexo contorcido nela.

– Hei – diz Cabe. Ele seca as mãos em seu short e depois acaricia a bochecha de Janie. – Eu só estava brincando.

– Eu sei – ela suspira e então guarda a panela no lugar. Joga o pano de prato no balcão e diz: – Vamos. Vamos fazer algo divertido.

13h12

Ela se concentra.

Está frio na água, mas o sol da tarde está cálido em seu rosto, em seus cabelos.

Janie coloca-se a postos, com os joelhos flexionados, braços esticados, mas não travados, tentando se equilibrar. O colete salva-vidas está na altura de suas orelhas. Seus braços bem bronzeados são como palitinhos saindo dos imensos buracos do colete. Os óculos de Janie estão bem guardados, em segurança, no barco, então tudo está borrado. É como olhar através de uma espécie de parede de chuva.

Ela respira fundo.

– Vai! – ela grita, e então é lançada para a frente, impulsionando com os joelhos e com os braços tremendo.

Ela agarra a corda, com as juntas dos dedos brancas, as palmas das mãos e os músculos já doloridos dos esforços dos dois dias anteriores. *Recline-se para trás, ela se lembra e faz isso. Deixe que o barco a puxe para cima.*

Ela meio que se endireita.

Balança-se de um lado para o outro e pega as manhas.

Sua bunda está aparecendo, ela sabe disso. Mas não tem como evitar. Tudo o que pode fazer é sorrir, às cegas, enquanto os pingos de água vêm como se fossem tapas e atingem seu rosto como se fossem agulhadas.

Ela está indo bem.

– Uh-huh! – ela grita.

Megan está tranquila ao leme da pequena lancha. Observa Janie pelo espelho retrovisor como as boas mães observam seus filhos, com a testa enrugada de preocupação, mas assentindo com a cabeça. Sorrindo.

Cabel fica de frente para Janie, na posição de observador, na popa da lancha, sorrindo daquele jeitinho dele. Seus dentes brancos reluzem em contraste com sua pele bronzeada e seus cabelos castanhos, com faixas douradas devido ao brilho do sol, voando desordenadamente ao vento. As cicatrizes das queimaduras, salientes em sua barriga e em seu peito, brilham em um tom de marrom-prateado.

Mas ambos são apenas pontinhos para Janie, daquela distância de mais de vinte metros. Cabe grita algo que soa entusiástico, mas que se perde em meio ao ruído do motor e das rajadas de água.

As pernas e os braços de Janie tremem enquanto secam com o ar, recebendo, em seguida, rajadas de água de novo. Sua pele arde.

Megan os mantém perto da encosta cheia de salgueiros. Conforme se aproximam da praia da cidade e da área do acampamento, Megan manobra facilmente a lancha, fazendo um grande semicírculo e virando-os. Janie fica tensa com a virada, mas é apenas um solavanco leve no meio do caminho. Logo que se estabilizam, Janie umedece os lábios e então, determinada, faz um sinal de *o.k.* para Megan com o polegar.

Mais rápido.

Megan atende ao pedido dela e acelera na direção da doca, que fica perto da cabaninha envernizada, de cor vermelho-amarronzada, uma das seis que formam pontinhos na costa, no Rustic Logs Resort. Então ela continua, deixando-as para trás. Explorando novos territórios.

Eu sou demais, pensa Janie. Ela aperta os olhos para enxergar melhor e faz uma ousada e bem-sucedida tentativa de cruzar o caminho novamente, enquanto os dois no barco a animam a continuar.

No momento em que Janie sente algo, é tarde demais.

Uma mulher está deitada, tomando banho de sol em uma espécie de boia na água, com a pele reluzente por causa do bronzeador e do suor. Janie não consegue discernir a cena, mas está bem familiarizada com os avisos. Sente um nó no estômago.

Janie passa voando pela mulher e é engolfada pela escuridão. Há um lampejo de três segundos de um sonho, antes de tudo acabar e ela sair do alcance dele de novo. Mas isso é o suficiente para tirar o equilíbrio de Janie. Seus joelhos se curvam, os esquis se enroscam sob ela, e Janie voa para a frente como uma louca, com a água abrindo um caminho forçado pela sua garganta adentro, entrando pelas narinas também. Seu cérebro, a propósito, está fritando. Um esqui acerta sua cabeça com tudo e ela é forçada para debaixo d'água. Ela não está diminuindo a velocidade.

Se você cair, largue a corda.

Dãã.

Janie aparece na superfície, tossindo e cuspindo água, com a cabeça pegando fogo. Maravilhada com o fato de ainda estar vestindo o colete salva-vidas bem maior do que ela, embora esteja todo retorcido. Sente náusea depois de engolir quase metade do lago. Seca a água de seus olhos ardentes e dá uma espiada, tentando enxergar em meio aos borrões, desorientada, desejando estar de óculos. Tampões nos ouvidos. Quando plantas aquáticas de repente fazem cócegas em seus pés suspensos, ela solta um epa! e seu corpo tem um leve espasmo de nojo. Depois, ela tenta não pensar em estar cercada pelas grandes carpas de um laranja-amarelado... e seus excrementos.

Eca. Não gosto disso, hei!

Barcos zunido ao longe.

Não parece que nenhum deles está vindo para resgatá-la.

Finalmente, ela ouve um som bem ruidoso, abafado. Quando o motor para, Janie grita por ele.

– Cabe?

Ainda é o único nome que parece seguro para ela dizer.

13h29

Na lancha, Cabel a embrulha com uma toalha. Entrega os óculos a Janie.

– Tem certeza de que está tudo bem com você? – ruguinhas se formam em torno dos olhos dele, que está tentando não sorrir.

– Bem – rosna Janie, irritada, trincando os dentes.

Megan dá uma olhada no galo da cabeça de Janie, e então puxa a corda de reboque.

Cabel dá uma tossidinha leve e pressiona seus lábios.

– Aquilo foi, ah... bem... um show e tanto, Hannagan.

– Você está realmente rindo de mim? Sério? – Janie esfrega seus cabelos com uma toalha. – Eu quase morri ali. Ainda por cima, meu cérebro está infectado com plâncton e merda de carpas. É melhor tomar cuidado ou vou jogar uma bola de muco em você.

– Eu, hein? Eca! Que nojo! – Cabe ri. – Mas, é sério, você deveria ter se visto. Não é, Megan? Gostaria de ter uma câmera de vídeo.

– Nossa, prefiro ficar neutra como a Suíça! – diz Megan.

Com a corda rebocada, ela acelera o motor e vira a lancha de volta à doca.

Pela segunda vez hoje, Janie não está rindo.

Cabel continua falando mais alto que o ruído.

– Tipo, a virada foi uma coisa, já a resistência... aquilo era algo totalmente sem controle. Suas pernas estavam voando. Lembra a regra número um do esqui aquático?

– Eu sei. Quando cair, solte a corda, eu sei. Só que tem um monte de merda para lembrar quando a gente está lá.

Cabel ri de deboche.

– Um monte... é, um monte de merda para lembrar – ele ri durante um bom tempo, e ri muito, limpa os olhos e tenta se controlar. – Largar a corda se ela estiver fazendo com que você se afogue deveria ser uma resposta automática, não? Técnica básica de sobrevivência.

Ela olha furiosa para ele.

Ele para de rir e olha para ela com inocência.

– Tá, tá, me desculpa – ele diz.

– Vai para o inferno – diz Janie.

Ela se vira para o outro lado e procura, apertando os olhos com seus óculos, tentando localizar a mulher que está dormindo na boia e que agora é uma minúscula ilha àquela distância. Você ainda não saca tudo, né, Cabe?

Provavelmente nunca vai.

– Recomponha-se, Hannagan – ela murmura. – Você está de férias, merda! Você está relaxando e se divertindo – diz, mas soa forçado.

– O que foi, docinho? – ele desliza até perto dela no banco da lancha.

– Eu disse que até que foi meio engraçado, não foi? – Janie olha nos olhos de Cabel. Esboça um sorriso tímido.

Com seu dedo, ele tira uma gota de água do queixo dela. Sorri. Leva o dedo aos lábios e lambe a água.

– Hum – diz ele, esfregando o nariz no pescoço dela. – Merda de carpa.

13h53

Cabel adormece enrolado em uma coberta debaixo da sombra de um carvalho.

Janie senta-se, com o queixo nos joelhos, olhando fixamente para seus dedos dos pés. Ouvindo o ritmo das suaves ondas lavando a encosta. Depois de um tempinho, ela se levanta.

– Vou caminhar um pouco – sussurra.

Cabel não se mexe.

Ela coloca uma camiseta de manga comprida por cima de seu maiô, enfia os pés em seus chinelos, pega o celular e caminha para trás da cabana, atravessando o pequeno estacionamento, até o íngreme caminho que dá para a estrada principal. Do outro lado da estrada, há um campo e um trilho de ferrovia. Os trilhos cintilam sob os raios de sol do final da tarde. Janie caminha pelos trilhos e pensa, feliz por ter um lugar calmo em que pode baixar a guarda com esse lance dos sonhos.

Depois de um tempo, ela para de caminhar. Senta-se nos trilhos, sentindo o metal quente contra a parte detrás de suas coxas atravessando a roupa fina. Abre o *flip* de seu celular e disca o número 2 da memória.

– Janie... o que está acontecendo? Está tudo bem?

Janie empurra gentilmente para longe uma grande abelha com a mão.

– Oi. É. Só estou pensando muito. Sobre o que conversamos... sabe? Muito tempo para pensar, quando se está de férias – ela diz e ri, nervosa.

– E?

– E... tem certeza de que vai ficar de boa com qualquer que seja a minha decisão?

– Claro! Você sabe que sim. Já se decidiu então?

– Na verdade, não. Eu estou... ainda estou decidindo.

– Já conversou com o Cabel sobre isso?

Janie estremece.

– Não. Ainda não.

– Bem, não a culpo por querer... e precisar... considerar todas as suas opções.

Janie sente um aperto na garganta.

– Obrigada, senhor.

– Você conhece o procedimento. Ligue a qualquer hora. E me diga qual será sua escolha.

– Farei isso.

Janie fecha o *flip* de seu celular e fica olhando fixamente para ele.

Não há nada mais a dizer.

No caminho de volta, ela pega no trilho uma moeda de um centavo amassada pelo trem, e se pergunta se foi colocada ali por alguém que está de férias, naquela região. Imagina se alguma criancinha animada vai voltar para pegá-la. Coloca-a de volta no trilho, para quem quer que consiga vê-la, com certeza. Volta caminhando lentamente até a cabana, para largar suas coisas lá. E depois, vai para fora, para debaixo da árvore.

Observa Cabe dormindo. Depois, cochila também, sempre que consegue dar um jeitinho de esquivar-se, dos sonhos de Cabel e dos sonhos de uma criança que dorme em algum lugar, provavelmente na cabana ao lado.

Não tem como fugir disso tudo. Nem para lugar algum.

Não tem saída para ela.

17h49

Ouve-se um zunido forte, e o trem passa veloz pelo topo da colina. Todos que estavam dormindo acordam.

– Outro dia cheio no lago – murmura Cabel. – Meu estômago está roncando.

Ele rola sobre a coberta. Janie não consegue resistir. Aninha-se perto dele para aquecer o corpo de Cabel.

– Dá para ouvir seu estômago roncar – ela diz. – E sinto o cheiro de carvão na grelha.

– Acho que deveríamos nos levantar agora.

– Eu sei.

Eles permanecem parados. Janie descansando a cabeça no peito de Cabel, há uma leve brisa vindo do lago. Ela contrai os olhos e fecha-os, abraça Cabe, inspira o aroma dele, sente o calor do peito dele em sua bochecha. Ama-o.

Esfrangalha-se mais um pouco por dentro.

18h25

Janie ouve o clique da porta de tela da cabana e senta direito, com uma sensação de culpa, enquanto Megan caminha na direção deles.

– Desculpe, Megan... era para a gente estar ajudando você a preparar o jantar.

– Sem problema – diz Megan, com um grande sorriso. – Vocês precisavam tirar um cochilo depois daquele lance do esqui e do afogamento. Mas seu celular está tocando lá na cabana. Não sei o que fazer com ele.

– Obrigada. Vou ver.

Cabel senta também.

– Está tudo bem? A propósito, onde está o Charlie?

– Na cidade, fazendo algumas compras na mercearia. Está tudo bem. Relaxem – diz Megan. – Sério. Tem sido difícil para vocês... vocês precisam descansar.

Obediente, Cabel afunda de volta na coberta enquanto Janie fica de pé.

– Já volto – diz ela. – É melhor que não seja a Capitã com uma missão ou vou cair fora dessa.

Cabel ri.

– Você não faria isso.

18h29

Mensagens na caixa postal.

De Carrie. Cinco mensagens.

E são ruins.

Janie ouve, incrédula. Ouve de novo, pasma.

– Hei, Janers, caramba, onde você está? Me liga.

Clique.

– Janie, é sério. Há algo de errado com sua mãe. Me liga.

Clique.

– Janie, é sério!!! Sua mãe está cambaleando de um lado para o outro no quintal da frente da sua casa, gritando seu nome. Você não disse a ela que estava indo para Fremont? Ela está totalmente bêbada, Janie... ela está choramingando e... ah, caramba. Ela está na rua.

Clique.

– Hei. Estou levando sua mãe até o County Hospital. Se ela vomitar na Ethel, eu vou te matar! Me liga! O quê? Caramba. A bateria do meu celular está acabando, então talvez eu tente te ligar do hospital, sei lá... não sei o que te dizer. Vou tentar falar com você de novo quando tiver uma oportunidade.

Clique.

– Ai meu Deus! – Janie fica olhando para o celular, mas na verdade não está olhando para ele. Então, liga para Carrie.

Cai na caixa postal de Carrie.

– Carrie! O que aconteceu? Me liga. Estou com meu telefone agora. Me desculpa. Eu estava... tirando um cochilo.

Soa forçado. Como quem não se importa. Até mesmo frívolo, quando Janie diz isso em voz alta. *O que eu tinha na cabeça quando deixei minha mãe sozinha por uma semana?*

– Ah, meu Deus. Me liga!

Janie fica lá, parada, em pé, com todo o alento sendo sugado dela e substituído pelo medo. *E se algo estiver mesmo errado?*

E depois, raiva.

Nunca terei uma vida enquanto essa mulher viver, ela pensa.

Aperta os olhos, fechando-os, removendo esse pensamento da cabeça de imediato.

Não consegue acreditar, ela era uma pessoa horrível a ponto de pensar em tal coisa.

Charlie entra na cozinha da minúscula cabana com um saco marrom da mercearia e para de repente, quando vê o olhar estampado na cara de Janie.

– Você está bem? – ele pergunta.

Janie pestaneja, incerta.

– Não, acho que não – diz baixinho. – Eu acho... acho que tenho de ir.

Charlie coloca, meio que jogando, as compras sobre o balcão.

– Cabe! – o grito dele atravessa a porta de tela. – Vem aqui!

Janie coloca o telefone de lado e puxa sua mala do armário. Começa a jogar suas roupas dentro dela. Olha para o seu eu desgrenhado no espelho e passa os dedos pelos nós de seu cabelo loiro-escuro.

– Ah, meu Deus – ela diz para si mesma. – Que diabos há de errado com a minha mãe?

E então ela se dá conta.

E se sua mãe estiver mesmo morrendo? Ou morta?

É algo ao mesmo tempo fascinante e horripilante. Janie imagina a cena.

– O que foi? – pergunta Cabel, entrando na cabana. – O que está acontecendo?

– Aqui – ela diz, discando para sua caixa postal e entregando o telefone a Cabel. – Ouça todas as mensagens.

Enquanto Cabel as ouve, Janie, atordoada, continua a fazer sua mala.

Depois que todas as suas coisas estão enfiadas na mala, percebe que precisa trocar de roupa; ela não pode dirigir até Fieldridge de maiô.

Ela não pode dirigir de jeito nenhum.

Detalhe muito importante.

– Caramba! – murmura Janie.

Ela observa enquanto Cabel ouve as mensagens. Observa a expressão no rosto dele ficando mais intensa.

– Oh, merda! – diz ele. Olha para Janie. Pega na mão dela. – Que merda, Janie. O que eu posso fazer?

Janie enterra seu rosto no pescoço dele. Tentando não pensar.

Infinitamente.

19h03

A viagem para casa leva três horas. Cabel está ao volante do BMW que a Capitã Komisky emprestou. Um locutor da rádio Grand Rapids faz uma piada idiota e depois toca *Bleecker Street*, de Danny Reyes, na hora dos pedidos dos ouvintes. Janie fica com os olhos pregados no telefone, desejando que Carrie ligue. Mas o telefone não toca.

Janie liga para o hospital. Eles não têm registro da entrada de nenhuma Dorothea Hannagan por lá.

– Talvez ela esteja bem e eles nem precisaram interná-la – diz Cabel.

– Ou talvez ela esteja no necrotério.

– Eles já teriam ligado para você se fosse isso.

Janie fica em silêncio, tentando pensar nos motivos pelos quais o hospital não ligou para ela, e também por que Carrie não ligou com novidades.

– Podemos ligar para a Capitã – diz Cabel.

– Em que isso vai ajudar?

– A Capitã? Ela pode conseguir informações sobre quem quiser.

– É verdade. Mas... – Janie suspira. – Eu não... minha mãe... não importa. Não. Não quero ligar para a Capitã.

– Por que não? Você ficaria mais calma.

– Cabe...

– Janie, é sério. Você deveria ligar para ela... pegar as notícias. Com certeza ela faria isso por você se está preocupada.

– Não, obrigada.

– Você quer que eu ligue para ela?

– Não. Certo? Eu não quero que ela saiba.

Cabel suspira, exasperado.

– Não entendo.

Janie cerra o maxilar. Olha para fora da janela. Sente o calor nas bochechas, as lágrimas ardendo. A vergonha. Diz, baixinho:

– É embaraçoso, ok? Minha mãe é uma bêbada maluca. Ela estava gritando e cambaleando no quintal em frente de casa? Meu Deus. Eu não preciso que a Capitã veja isso. Ou saiba disso, dessa parte da minha vida. É pessoal. Algumas coisas converso com a Capitã, outras não. Apenas desista!

Cabel fica em silêncio. Depois de alguns minutos com o locutor no rádio tagarelando, ele conecta seu iPod no som do carro. A música de Josh Schicker, *Feels Like Rain* "lava" o carro. Quando termina, e as notas da próxima começam, ele fica tenso e rapidamente desliga o aparelho. Sabe o que vem em seguida. Sabe que é *Good Mothers, Don't Leave!*

Passa uma hora enquanto eles viajam, atravessando Michigan, indo para o leste, deixando para trás, em seu caminho, um pôr do sol cor de laranja e brilhante. O trânsito está tranquilo. Janie reclina sua cabeça, apoiando-a na janela. Observando o borrão de um profundo conjunto de árvores verdes e campos amarelos ficando para trás, conforme avançam. Há um cervo em uma área de gramado, enquanto a escuridão se aproxima... ou talvez seja apenas aquele toco de árvore queimada que a engana toda vez.

Ela imagina quantas vezes mais verá cenas como esta. Tentando se lembrar de tudo o que vê agora, para usar depois. Quando tudo o que ela terá é escuridão e sonho.

Ela tenta ligar para o hospital de novo. Ainda sem registro da entrada de Dorothea Hannagan. É um bom sinal, pensa Janie... exceto pelo fato de que Carrie ainda não ligou.

– Onde está ela? – Janie bate a cabeça no apoio do banco.

Cabel dá uma espiada de lado em Janie.

– Carrie? Ela não disse que o telefone dela ia morrer?

– Disse que estava com pouca bateria. Mas há outros telefones...

Cabel dá uns tapinhas no queixo, pensativo.

– Ela sabe mesmo o número do seu celular, ou ele estava na memória para discagem rápida?

– Ahh. Boa! É isso mesmo. Na memória.

– Então, é por isso que ela não ligou. Ela não sabe seu número, está no celular sem bateria dela e ela não consegue acessá-lo.

Janie sorri. Expira, preocupada.

– É... provavelmente você está certo.

– Você tentou ligar para a sua casa para ver se sua mãe está lá?

– É... eu fiz isso também. Ninguém atende.

– Você ainda tem o número do Stu? Ou o número da casa da Carrie?

– Tentei ligar para casa dela. Ninguém atende. E não tenho o número do Stu. Deveria ter. Sempre quis...

– E o da Melinda?

– Claro – Janie bufa. – É só o que me faltava... os esnobes dos Hill espalhando essa história por aí – ela vira de volta para a janela. – Me desculpa por ter sido rude. Sabe... mais cedo.

Cabel sorri no escuro.

– Tá tudo bem – ele estica sua mão de encontro à de Janie. Entrelaça seus dedos nos dela. – Eu não estava pensando. Foi mal... – ele faz uma pausa. – Você sabe que ninguém pensa coisas ruins sobre você, por causa de coisas que não cabe a você controlar, como o que sua mãe faz.

– Ninguém? – Janie diz, com o olhar cheio de raiva. – Certo. Todos eles têm uma opinião sobre a confusão com o Durbin.

– Ninguém que importe.

Janie balança a cabeça.

– Sabe, Cabe, talvez os vizinhos, a cidade inteira de Fieldridge... talvez o que eles pensem realmente importe para mim. Quero dizer, ah, meu Deus. Esquece. Só estou cansada de tudo isso. Deixa quieto. O que vamos fazer agora?

Depois de uma pausa, Cabel diz:

– Direto para o hospital então, certo?

– É, imagino que seja o melhor a fazer. Ela pode simplesmente estar lá sentada, esperando no pronto-socorro. Vamos tentar lá primeiro... que tal?

– Sim.

21h57

Janie e Cabel estão em pé, parados, no pronto-socorro, sem saber o que fazer. Nenhum sinal de Carrie ou da mãe de Janie naquele lugar, perto de feridos e doentes. Ninguém na recepção tem registro da entrada dela ali também.

Cabel bate as pontas dos dedos nos lábios, pensando.

– Hannagan é o nome de casada da sua mãe?

Os músculos dos olhos de Janie ficam tensos, e ela os fecha.

– Não.

Ela nunca contou muito a Cabel sobre sua mãe, e ele nunca perguntava. Era assim que Janie gostava. Até agora.

– Uhm...? – prontifica-se Cabel. – Como deixo isso mais claro? Vejamos. Tá, sua mãe já atendeu por algum outro nome que não seja Hannagan?

– Não. O nome dela é Dorothea Hannagan, e este é o único nome que ela já teve. Sou bastarda, tá?

– Janie, é sério! Ninguém liga para isso.

– É, bem, eu ligo. Pelo menos você sabe quem são seu pai e sua mãe.

Cabel crava os olhos em Janie.

– E isso me fez um grandessíssimo bem.

– Ah, droga, Cabe. Me desculpa – Janie faz uma careta. – Modo de falar muitíssimo errado. Estou estressada... não sei o que estou falando.

Cabel parece estar a ponto de dizer algo, mas se contém. Olha em volta de novo, em vão.

– Vamos – diz ele, pegando-a pela mão. – Elevador. Vamos dar umas voltas, dar uma olhada nas salas de espera. Dez minutos, no máximo, e se não acharmos a Carrie, vamos voltar para sua casa e esperar. Não sei o que fazer além disso.

Janie sente um arrepio, como se fosse um bicho ardendo em sua pele. Sua mãe, a bêbada, está desaparecida.

22h02

Lá, na sala de espera do terceiro andar.

UTI.

Com os cotovelos nos joelhos e as mãos no rosto, os dedos enfiados em seus longos cabelos encaracolados. Inclinada para a frente. Como se estivesse pronta para pular, ficar em pé e correr como uma louca.

– Carrie! – diz Janie.

Carrie se move.

– Ah, que bom, você viu meu recado.

– Onde está... Minha mãe está...?

– Ela está no quarto com ele.

– O quê? Quem?

– Você não viu meu bilhete?

– Que bilhete? Tudo o que eu sei são as mensagens que deixou na minha caixa postal.

– Deixei um bilhete na Ethel... no estacionamento. Descobri que você é detetive agora, ou... sei lá. Deveria ter pensado em procurar meu carro. De qualquer forma, como diabos você me encontrou, então? Não importa. Sua mãe... ela está bem. Quero dizer, ainda está bêbada, mas está caindo na real agora... Tipo, caindo muito na real. Está toda chorosa e tremendo. Mas...

– Carrie – Janie diz com firmeza. – Foco! Diga-me o que há de errado com a minha mãe e onde posso encontrá-la.

Carrie suspira. Parece cansada.

– Sua mãe está bem. Só está bêbada.

Janie, nervosa, dá uma espiada pela porta aberta para o corredor, quando uma enfermeira passa por ali. Sua voz está baixa e soa urgente.

– Certo, certo, entendi que ela está bêbada. Ela está sempre bêbada. Podemos parar de falar isso alto, por favor? E se ela está bem, o que estamos fazendo na UTI?

– Ah, meu! – diz Carrie, balançando a cabeça. – Por onde eu começo?

Cabel empurra, com gentileza, Janie e Carrie em direção às cadeiras e senta com elas.

– Quem é "ele", Carrie? Com quem ela está? – ele pergunta, gentilmente.

Janie assente com a cabeça, ecoando a pergunta.

Mas ela já sabe.

Só há um "ele" possível. Não há outro alguém no mundo. Não há outro alguém que faria com que a mãe de Janie reagisse daquela forma. Alguém com quem a mãe de Janie sonha.

Carrie, cujos olhos normalmente dançantes estão bem mortos devido ao cansaço do dia incomum, olha para Janie.

– Parece que é seu pai, Janers. Ele está, tipo, realmente doente.

Janie apenas olha para Carrie.

– Meu pai?

– Eles acham que ele não vai conseguir sobreviver.

22h06

Janie cai em sua cadeira. Paralisada. Sem ideia do que deve sentir em relação a essa notícia. Sem. A mínima. Ideia.

Cabel levanta a mão para interromper a conversa. Os três ficam sentados na sala de espera em silêncio por um momento; Janie parecendo pálida, Carrie mascando um chiclete, e Cabel fechando os olhos e balançando a cabeça bem de levinho.

– Começa do começo – diz ele.

Carrie concorda com a cabeça. Pensa.

– Tá, então... Hoje à tarde, provavelmente por volta das três, ouvi alguém gritando lá fora. Ignorei porque sempre tem alguém gritando na nossa vizinhança, certo? Estava lá, dobrando as roupas lavadas e então, pela minha janela, vi a mãe da Janie. O que é muito estranho, porque ela, bem, ela nunca sai a não ser que esteja indo ao posto de gasolina ou ao terminal de ônibus para pegar bebida, certo? Mas hoje ela estava lá de camisola, andando sem rumo pelo quintal...

Janie fica vermelha de vergonha e coloca as mãos no rosto.

– Ai meu Deus! – diz.

– ... ahm, estava gritando "Janie! Janie!". E depois ela meio que tropeçou, e eu fui correndo lá fora para ver o que havia de errado com ela. Dorothea estava chorando e dizia: "O telefone! Eu tenho de ir até o hospital", repetidas vezes, umas vinte vezes. Daí eu estava lá ligando para você e deixando mensagens e, por fim, simplesmente dirigi com ela até aqui porque não sabia mais o que fazer. E, tipo, demoramos mais ou menos uma hora lá sentadas no pronto-socorro, conversando com a recepcionista antes que ela... ahm... se acalmasse e conseguisse explicar que não estava doente... que tinha recebido um telefonema e que precisava ver o Henry.

Janie olha para cima.

– Henry?

– É, Henry Feingold. É esse o nome do cara.

– Henry Feingold – diz Janie.

O nome não lhe diz nada. Não tem significado algum para ela. Não soa como se fosse o nome que imaginava ser de seu pai.

– Como eu saberia se é ele mesmo? Dorothea – diz Janie, enfatizando cada sílaba – nunca me passou informação alguma sobre ele.

Carrie assente com a cabeça, solenemente, quando Janie acaba de dizer. Ela sabe.

E então.

Janie pestaneja, impedindo que as lágrimas caiam, quando percebe a verdade.

– Ele deve morar por perto, se o trouxeram até aqui. Acho que ele também nem se importou em me conhecer.

– Sinto muito, querida – diz Carrie, olhando para o chão.

Janie fica em pé, abruptamente, e vira-se para Cabel e Carrie.

– Não acredito que ela arruinou nossas férias. E eu sinto muito, Carrie, por você ter passado o dia e a noite inteiros aqui. Você é tão boa amiga... por favor, vai para casa, ou para casa do Stu, sei lá.

Ela vira-se para Cabel.

– Cabe, eu cuido disso a partir de agora. Tomo o ônibus para casa, assim que pegar minha mãe. Por favor. Vão descansar um pouco.

Ela caminha em direção à porta na esperança de que Carrie e Cabe a sigam, para que possa conduzi-los para fora, e sofrer com a vergonha de tudo isso em particular. Seu lábio inferior treme. *Deus, esta é uma tremenda duma porcaria.*

Cabel fica em pé, e Carrie se levanta também.

– Então – Cabel diz para Carrie, enquanto seguem Janie até a porta –, o que há de errado com ele? Você sabe?

– Alguma coisa a ver com dano cerebral, algo assim. Não sei muita coisa... ouvi o médico dizer a Dorothea que ele ligou para a emergência e ainda estava consciente depois que chegou aqui, mas agora ele não acorda. Por fim, deixaram Dorothea entrar para vê-lo há uns trinta minutos. E, Janers – diz Carrie –, não foi nenhum incômodo, tá? Você faria o mesmo se minha mãe precisasse de ajuda. Certo?

A garganta de Janie fica apertada, e ela pisca, tentando impedir que as lágrimas caiam. Quando Carrie a abraça, Janie se engasga com um soluço.

– Obrigada – sussurra Janie nos cabelos de Carrie.

Carrie vira-se para ir embora e diz:

– Me liga.

Janie faz que sim com a cabeça, de novo, observando Carrie caminhar até os elevadores. E então ela olha para Cabel.

– Vai – diz ela.

– Não.

Ele não vai a lugar nenhum.

Janie suspira, sentindo-se desconfortável. Porque é ótimo que ele seja assim, que a apoie, mas esta situação é totalmente esquisita. E Janie nem sabe ao certo o que esperar.

É mais fácil fazer algumas coisas quando se está só.

Está silencioso e as luzes estão fraquinhas, quando Janie e Cabel atravessam as portas duplas para entrar no corredor da UTI. Janie sente o fraco puxão de um sonho distante e combate-o, de imediato, com impaciência. Dá uma espiada no quarto do culpado, cuja porta está levemente aberta e, baixinho, amaldiçoa-o. Frustrada, nem consegue fugir dos sonhos das pessoas, nem mesmo quando sua mente está extremamente ocupada com outras coisas.

Eles chegam à recepção, onde fica a enfermeira. Janie pigarreia.

– Henry... ahm... Fein... Stei...

– Feingold – diz Cabel, com calma.

– Vocês são da família? – pergunta a enfermeira. Ela olha para eles com suspeita.

– Eu, ahm... – diz Janie. – É. Ele é meu... pai... eu acho.

A enfermeira vira a cabeça para o lado.

– O truque para entrar no quarto de alguém é mentir de *modo convincente!* – diz ela. – Boa tentativa.

– Eu... eu não quero entrar no quarto dele. Só diz para minha mãe que estou aqui, certo? Ela está lá dentro com ele. Ficarei lá na sala de espera.

Janie vira-se abruptamente e Cabel encolhe os ombros, olhando para a enfermeira, e segue Janie. Voltam à sala de espera, atravessando novamente as portas duplas e deixando uma enfermeira perplexa olhando para eles enquanto se vão.

Janie murmura algo baixinho, enquanto se joga em uma cadeira.

– Feingold. Harvey Feingold.

Cabe olha para ela de relance.

– Henry.

– Certo. Nossa! Ninguém imaginaria que trabalho para os tiras.

– Provavelmente o motivo de ser tão convincente quando está disfarçada – diz Cabel, sorrindo.

Janie dá uma cotovelada nele, automaticamente.

– Bem, não mais. Não se esqueça de que você está conversando com uma garota da narcóticos – ela vira-se na direção dele, pega em sua mão e implora: – Cabe, você realmente deveria ir embora. Dormir um pouco. Volte para Fremont e curta o restante da semana. Estou bem aqui. Consigo lidar com isso.

Cabel encara Janie e suspira.

– Sei que você consegue lidar com isso, Janie. Você é uma maldita duma mártir. É cansativo, mesmo, ter essa discussão com você toda vez que problemas acontecem. Deixa quieto. Não vou embora.

Ele sorri, um sorriso falso e diplomático.

O queixo de Janie cai.

– Mártir!

– Ah. É. De leve.

– Por favor! Não se pode ser mártir de leve. Ou você é ou você não é. É algo, tipo, *único.*

Cabel ri gentilmente, com os cantos dos olhos formando ruguinhas. E então ele simplesmente olha fixo para ela, com o sorriso torto do qual Janie se lembra, da época embaraçosa do *skate.*

No entanto, agorinha, parece que Janie não consegue lhe retribuir o sorriso.

– Hum... sobre essa aventurazinha – ela começa –, é realmente mortificante, Cabe. Eu estou... estou tão envergonhada com isso, e tem tanta coisa na minha cabeça, e mal consigo suportar o quão legal você está sendo comigo. Eu odeio estar arruinando o seu tempo livre, em vez de ser só o meu. Então, por favor. Eu me sentiria bem melhor se você apenas, você sabe...

Janie olha para ele, sentindo-se impotente.

Cabel pestaneja.

Ele enruga a testa e olha sério para ela.

– Ahh – ele diz. – Você realmente quer que eu vá para casa. Quando você diz que isso é vergonhoso, quer dizer que você tem vergonha de que eu saiba disso também?

Janie olha para o chão, respondendo à pergunta dele.

– Ah... – Cabel mede suas palavras, magoado. – Me desculpa, Janers. Não captei essa.

Ele levanta rapidamente. Caminha até a porta. Janie segue-o até o corredor perto dos elevadores.

– Eu... vejo você por aí, acho – diz ele. – Me liga quando... quando quiser.

– Farei isso – diz Janie, com o olhar fixo na placa que diz: CELULARES DEVEM SER DESLIGADOS. – Te mando uma mensagem depois. Isso é mesmo algo que eu gostaria de lidar sozinha no momento, tá? Eu te amo.

– É. Tá. Te amo também – Cabel gira nos calcanhares e faz um aceno com a mão, meio incerto, para ela. Ele olha por cima do ombro: – Hei? Não tem ônibus entre as duas e as cinco da manhã, você sabe, né?

Janie sorri.

– Sei.

– Não vá ser sugada para nenhum sonho, tá?

– Tá. Silêncio! – diz Janie, esperando que ninguém tenha ouvido aquilo.

Antes que ele possa pensar em alguma outra coisa, Janie volta, furtivamente, para a sala de espera, para sentar-se e pensar.

Sozinha.

1h12

Ela cochila na cadeira da sala de espera.

De repente, sente que alguém a observa. Alarmada, acorda e senta.

Pelos menos sua mãe está vestida decentemente, e não com a camisola que Carrie mencionou.

– Hei – diz Janie.

Ela fica em pé. Caminha na direção da mãe e para, sentindo-se estranha. Incerta quanto ao que fazer. Abraçar? É o que fazem na TV. Esquisito.

Dorothea Hannagan está suando horrores. Tremendo. Janie não quer encostar nela. Esta cena toda é tão estranha que é quase de outro mundo.

E então.

Loucura.

– Onde você estava? – a mãe de Janie desmorona e começa a chorar, a gritar muito alto. – Você nem me diz nada sobre aonde você vai, só some. Aquela garota estranha, a vizinha, teve de me trazer de carro até aqui... – as mãos dela estão tremendo, e os olhos alternam o foco rapidamente, indo do chão de novo para Janie, acusativos, furiosos. – Você não se importa com sua mãe agora, é isso? Está só curtindo a vida por aí com aquele garoto?

Janie dá um passo para trás, chocada, não apenas com o completo recorde de palavras ditas por sua mãe em um dia, mas ainda mais pelo tom da voz dela.

– Ai meu Deus!

– Não me responda.

As mãos de Dorothea, tremendo, abrem com tudo sua bolsa velha de vinil, e ela busca freneticamente por algo nela, jogando envelopes e papéis nas cadeiras da sala de espera. Torna-se dolorosamente óbvio que o que ela está procurando não está ali. Dorothea desiste e desaba em uma cadeira.

Janie, parada em pé, observa.

Ela está tremendo um pouco também.

Está imaginando como lidar com a situação. E por que motivos ela tem de fazer isso. *Já não me deu problema demais para resolver?*, ela diz para o nada. Ou talvez para Deus. Ela não sabe. Mas sabe de uma coisa: ficará feliz em estar longe dessa confusão.

Janie pega os objetos espalhados da sala de espera, enfia-os na bolsa e pega sua mãe pelo braço.

– Venha, você tem um pouco em casa, certo?

Janie faz com que Dorothea fique em pé.

– Eu disse vamos. Temos de pegar o ônibus.

– E seu carro? – pergunta Dorothea. – Que aquela garota estava dirigindo.

Janie pestaneja e olha para sua mãe, arrastando-a consigo a caminho do elevador. – É, mãe. Vendi o carro para ela, faz meses, lembra?

– Você nunca me fala...

– Só... – Janie arde de raiva. *Eu não falo nada para você? Ou você está bêbada demais para se lembrar?* Ela inspira e expira devagar. – Apenas venha. E não me envergonhe.

– É, bem, não me envergonhe também.

– Tá, tá.

Janie dá uma rápida espiada por cima do ombro, para o fundo do corredor onde se presume que seu pai esteja deitado, morto ou vivo, Janie não sabe.

Não se importa mesmo.

Espera que acabe logo, morra logo, para que ela não tenha de lidar com ele. Porque tudo o que Janie sabe é que os pais não passam de problemas.

2h10

Dorothea mexe os dedos, nervosa como uma *junkie*, durante o caminho todo no ônibus até em casa. Janie, frustrada, esquiva-se do sonho de um passageiro sem-teto e fica feliz por ser uma viagem curta.

Quando chegam em casa, lá, na escada da frente, está a mala de Janie.

– Maldição, Cabe – ela murmura. – Por que você tem sempre

que ser tão atencioso?

A mãe de Janie anda em linha reta até a cozinha, pega uma garrafa de vodca que estava embaixo da pia e fica reclusa em seu quarto sem dizer palavra alguma. Janie deixa a mãe sozinha. Terá tempo amanhã para descobrir o que está acontecendo com esse tal de Henry, quando Dorothea estiver boa e bêbada, e até certo ponto conseguindo raciocinar de novo.

Janie envia uma mensagem a Cabel.

Em casa.

Cabe responde sem demora, apesar do horário.

Obrigado, querida. Te amo. Te vejo amanhã?

Ela desliga o telefone.

– É, isso... – Janie fala baixinho, suspira e coloca o telefone em seu criado-mudo e a mala ao lado dele, e cai na cama.

4h24

Janie sonha.

Há pedras cobrindo o chão de seu quarto e uma mala em sua cama. Cada pedra tem algo escrito nela, mas Janie só consegue ler o que está escrito quando as pega.

Escolhe uma. AJUDE-ME é o que está escrito. CABE, na próxima.

DOROTHEA. ALEIJADA. SEGREDO. CEGA.

Quando coloca as pedras de volta no chão, elas ficam maiores, mais pesadas. Logo, ela sabe que não terá mais espaço no chão onde colocar as pedras, mas não consegue parar de pegá-las e ler o que está escrito nelas. O chão está lotado e Janie está com dificuldade para respirar. As pedras estão sugando o ar de seu quarto.

Por fim, Janie coloca uma pedra na mala. Ela encolhe e fica do tamanho de um pedregulho.

Janie, devagarzinho, metodicamente, pega todas as pedras e as coloca na mala. A tarefa parece infindável. Finalmente, ela pega a última: ISOLAR-SE. Coloca-a junto com as outras. Torna-se um pedregulho, e todos os outros pedregulhos desaparecem.

Janie olha fixamente para a mala. Sabe o que tem de fazer.

Fecha-a.

Pega-a.

E sai dali.

SEXTA-FEIRA

4 de agosto de 2006, 9h15

Janie está deitada, com o olhar cravado no teto. Pensando em tudo. E em mais essa coisa. O caderno verde, a audiência, as fofocas, a faculdade, sua mãe e agora esse cara, Henry. O que vem agora? Já é demais! Uma onda familiar de pânico toma conta dela, parando ali no peito e apertando-o. Muito forte. Com mais força ainda. Janie tenta respirar e não consegue ar suficiente. Rola para o lado enroladinha, como se fosse uma bola.

– Relaxa – ela diz, ofegante. – Relaxa, caramba!

Isso tudo é demais para ela.

Cobre a boca e o nariz com as mãos. Respira neles, inspira, expira, até que consegue respirar direito. Esvazia sua mente.

Concentra-se.
Respira.

Só respira.

9h29

A porta do quarto da mãe de Janie continua fechada.

Janie vaga sem rumo pela pequena casa, imaginando que diabos deveria fazer quanto a Henry. Dá umas mordiscadas em uma barrinha de granola, suando. O dia está quente para caramba. Ela liga o ventilador oscilante na sala de estar e abre com tudo a porta da frente, implorando por uma brisa, afundando depois no sofá.

Através da porta de tela rasgada, Janie vê Cabel estacionando na garagem e desta vez é seu coração que afunda. Ele salta do carro e vai dando passos largos e suaves em direção à porta da frente da casa dela. Vai entrando, como de costume. Ele para e deixa seus olhos se acostumarem com a mudança de claridade.

Solta um sorriso torto.

– Hei – ele diz.

Ela dá uns tapinhas no sofá gasto ao seu lado.

– Não escovei meus dentes ainda – ela diz, enquanto Cabel se inclina em sua direção. – Seu nariz está descascando.

– Não importa e não faz diferença – Cabel inclina-se para a frente e a beija. Então, ele afunda no sofá. – Está tudo bem para você... eu estar aqui... e tal? – ele pergunta.

– Tá – Janie desliza sua mão pela coxa dele e aperta-a. – Ontem à noite... eu só não sabia o que esperar. Não tinha certeza em relação à minha mãe, sabe? Não sabia o que ela ia fazer.

– O que ela fez? – ele olha em volta, nervoso.

– Não muito. Estava um pouco agressiva. Não, impossível. Mas ela não disse nenhuma palavra sobre Henry e não me atrevi a perguntar. Deus, ela não consegue nem aguentar doze horas sem beber! E se não tomar um drinque, ela fica má – Janie fica com a boca aberta e o queixo caído. – É vergonhoso, sabe?

– Meu pai era assim também. Só que ele era mau com e sem a bebida. Pelo menos ele era consistente – Cabel solta um sorriso torto e irônico.

Janie bufa.

– Acho que eu tenho sorte.

Ela dá uma espiada de lado em Cabel.

Considera.

Por fim, ela diz:

– Você alguma vez desejou que seu pai estivesse morto? Tipo, antes de ele machucar você? Só para que você pudesse, tipo, não ter mais de lidar com ele?

Cabel estreita os olhos.

– Todo. Santo. Dia.

Janie morde o lábio.

– Então, você está feliz por ele ter morrido na cadeia?

Cabel fica em silêncio por um bom tempo. Então, ele encolhe os ombros. Quando fala, sua voz é medida, quase clínica, como se estivesse conversando com um psiquiatra.

– Foi o melhor resultado possível, sob aquelas circunstâncias.

O ventilador sopra o vento, formando um caminho à altura do joelho, da TV até a mesinha de centro, atingindo os dois pares de pernas descobertas no sofá no meio de sua rota. Janie treme um pouco quando o ar atinge sua pele ensopada de suor. Ela pensa em Henry Feingold, o estranho, supostamente seu pai. Morrendo. E, pela terceira vez em vinte e quatro horas, Janie gostaria que ele fosse alguma outra pessoa.

Ela encosta sua cabeça no ombro de Cabel e desliza seu braço atrás do dele. Ele vira-se, vai na direção do colo dela e os dois abraçam-se forte.

Porque não tem mais ninguém.

Ela está tão em conflito.

Janie imagina a vida sem pessoas. Sem ele. Coração partido e solidão, mas capaz de enxergar, de sentir. De viver. De existir em paz. Nem sempre olhando por cima do ombro para ver se o próximo ataque onírico está a caminho.

E imagina a vida com ele. Cega e torta, mas amada... pelo menos enquanto as coisas ainda estiverem bem. E sempre sabendo que lutas ele está travando em seus próprios sonhos. Ela quer mesmo ver isso com o passar dos anos? Realmente deseja ser esse incrível fardo para um cara tão... incrível?

Ela ainda não sabe qual cenário ganha.

Mas está pensando.

Talvez seja mais fácil consertar corações partidos do que mãos e olhos.

9h41

Está quente demais para ficarem sentados daquele jeito por muito tempo.

Cabe estica-se.

– Você vai acordá-la? Voltar para o hospital?

– Ah, meu Deus, espero que não.

– Janie.

– É, eu sei.

– Pelo menos tem ar-condicionado lá.

– E no seu carro também. Quer dar uns amassos lá na garagem em vez de ir para o hospital?

Cabel ri.

– Pode ser, depois que escurecer. Na verdade, sim, que inferno! Só depois que escurecer. Mas é sério, Janie. Eu acho que você tem de conversar com sua mãe.

Janie suspira e revira os olhos.

– Imagino que sim.

9h49

Ela bate gentilmente na porta do quarto de sua mãe.

Dá uma espiada em Cabel.

Para Janie, este quarto não parece fazer parte da casa. É mais como se fosse apenas uma porta para outro mundo, um portal para a tristeza, do qual Dorothea aparece e desaparece ao acaso. É raro até olhar lá para dentro, a menos que sua mãe esteja indo ou vindo.

Ela espera. Entra, protegendo-se de um possível sonho. Mas a mãe de Janie não está sonhando no momento. Janie inspira e olha ao redor.

A luz filtrada do sol se espreme para entrar no quarto, atravessando os remendos da cortina gasta na janela. Os móveis são poucos, mas o que há lá está bagunçado. Pratos de papel, garrafas e copos estão no chão, do lado da cama. Está quente e cheio de coisas. Há um cheiro de ar velho.

Na cama, a mãe de Janie dorme de costas, com a fina camisola revelando a forma ossuda dela.

– Mãe – sussurra Janie.

Não há resposta.

Janie sente-se constrangida. Ela alterna-se, apoiada ora sobre um, ora sobre o outro calcanhar. O chão range.

– Mãe – chama, mais alto desta vez.

A mãe de Janie resmunga e olha para cima, forçando os olhos para enxergar melhor. Levanta-se, com certo esforço, apoiando-se no cotovelo.

– É... é o telefone? – ela murmura.

– Não, eu... são quase dez da manhã e eu estava aqui pensando...

– Você não vai para escola?

O queixo de Janie cai. Você só pode estar me tirando! Ela inspira profundamente, considera explodir com sua mãe, lembrando-a de sua formatura à qual ela não foi e do fato de ser verão, mas decide que agora não é a hora. As palavras irrompem da boca de Janie, antes que Dorothea possa interrompê-la de novo.

– Não... ahm... não, não tem escola hoje. Estou aqui pensando em qual é o problema com o Henry, e se você não tem de ir até o hospital ou algo assim. Eu não quero...

Ao ouvir o nome de Henry, a mãe de Janie inspira profunda e sonoramente.

– Ah, meu Deus! – diz ela, lamentando, como se tivesse acabado de se lembrar do que houve. Vira-se para o outro lado e, tremendo, fica em pé. Passa por Janie arrastando os pés, saindo do quarto. Janie a segue.

– Mãe? – Janie não sabe o que fazer.

No momento em que elas se viram na direção da cozinha, Janie olha, impotente, para Cabel, que encolhe os ombros em resposta a seu olhar.

– Mãe.

Dorothea pega suco de laranja na geladeira, gelo e vodca no congelador, e prepara o seu café da manhã.

– O quê? – ela pergunta, aspirando, com o nariz entupido.

– Esse Henry é meu pai?

– É claro que ele é seu pai. Não sou nenhuma vagabunda não.

Cabel abafa um som na outra sala.

– Certo. Então, ele está morrendo?

A mãe de Janie toma um bom gole da bebida que está no copo.

– É o que eles dizem.

– Bem, ele sofreu um acidente, ou é uma doença, ou o quê?

Dorothea encolhe os ombros e acena para ela, meio vaga.

– O cérebro dele explodiu. Ou foi um tumor. Alguma coisa.

Janie suspira.

– Precisa que eu vá com a senhora ao hospital hoje de novo?

Pela primeira vez na conversa, a mãe de Janie olha para ela nos olhos.

– De novo? Você não foi comigo ontem.

– Cheguei lá o mais cedo que pude, mãe.

A mãe de Janie seca o copo e treme, sentindo um arrepio. Está em pé, perto do balcão, com uma das mãos segurando o copo vazio, a outra segurando uma garrafa de vodca barata, e está com o olhar pregado nela. Coloca o copo e a garrafa no balcão, com força, e fecha os olhos. Uma lágrima escapa e escorre por sua bochecha.

Janie revira os olhos.

– Você vai para o hospital ou não? Eu... – ela começa a ficar mais atrevida. – Eu não vou ficar sentada por aí o dia todo.

– Vá fazer o que você quiser, sua vadiazinha – diz Dorothea. – Não volto lá de jeito nenhum.

Ela passa, arrastando-se, por Janie, indo pelo corredor e entrando em seu quarto. Fechando a porta mais uma vez atrás de si.

Janie expira e volta para a sala de estar onde Cabel está sentado, testemunha disso tudo.

– Tá – diz ela. – E agora?

Cabel parece irritado. Balança a cabeça.

– Bem, o que você acha que deveria fazer?

– Eu não vou voltar para vê-lo, se essa é sua pergunta.

– Eu? Claro que não. Cabe totalmente a você decidir se quer ver o cara.

– Certo. Bom...

– Tipo, ele é um pai ausente. Nunca fez nada por você. Quem sabe... talvez ele tenha outra família. Pense em quão estranho seria se você aparecesse e eles todos estivessem lá... – Cabel cansa de falar.

– É, meu Deus, nunca pensei nisso.

– Estou tentando pensar para ver se há algum Feingold na Fieldridge High. Talvez você tenha meios-irmãos, sabe?

– Tem aquele carinha, o Josh, aquele calouro que jogava no time de basquete da escola – diz Janie.

– Aquele é Feinstein.

– Ah.

E então há um momento, uma pausa, enquanto Cabel espera por Janie.

– Então, Feingold é judeu, certo? – ela pergunta.

– Muda alguma coisa se for?

– Não, tipo, uau! É interessante, de qualquer forma. Eu nunca pensei mesmo nas minhas raízes, sabe? História. Ancestrais. Uau – Janie está perdida em seus pensamentos.

Cabel assente com a cabeça.

– Ah, bem. Acho que você nunca vai saber.

Janie fica paralisada e olha para Cabel.

Fica irritada e bate com força no braço dele.

Com força.

– Grr! – ela diz. – Seu perdedor!

Cabel ri, esfregando o braço.

– Merda! Que foi que eu fiz desta vez?

Janie fica agitada, meio que brincando. Balança a cabeça.

– Você fez com que eu me importasse com essa merda.

– Nem vem – diz ele. – Você se importava antes. Nunca se perguntou quem era seu pai?

Janie pensa no sonho recorrente que sua mãe tem, aquele do caleidoscópio em que Dorothea e o carinha hippie ficam de mãos dadas, flutuando. Tinha se perguntado mais de uma vez quem era seu pai. Pergunta-se agora se era Henry no sonho.

– Ele, provavelmente, é do naipe que tem filhos de dois em dois, e um cachorro e uma casa perto da UM.

Janie olha ao redor para sua casa que é um buraquinho de merda. Sua merda de vida, bancando a mãe de uma alcoólatra que tem o dobro da sua idade. Sabendo que, sem o cheque da previdência da mãe e a renda de Janie, estão apenas a um passo de serem duas sem-teto. Mas Janie não quer pensar nisso.

Janie respira fundo e expira devagar.

– Tudo bem. Vou tomar um banho agora e, mais tarde, vou até o hospital. Imagino então que você virá comigo?

Cabel sorri.

– Claro. Sou seu motorista, lembra?

11h29

Cabel e Janie pegam a escada até o terceiro andar. Na hora em que chegam às portas duplas que dão para a enfermaria, Janie vai andando cada vez mais devagar, até parar. Vira-se abruptamente e vai para a sala de espera, em vez de ir até o quarto dele.

– Não consigo fazer isso – diz ela.

– Você não tem que fazer. Mas, se não fizer, ficará com raiva de si mesma depois.

– Se ele tiver quaisquer outras visitas, vou embora.

– Isso é justo.

– E se... e se ele estiver acordado? E se ele me vir?

Cabel pressiona os lábios, unindo-os.

– Bem, depois do que sua mãe disse sobre o cérebro dele explodir, duvido muito que isso vá acontecer.

Janie solta um profundo suspiro, e novamente caminha na direção das portas duplas, com Cabel atrás dela.

– Tá.

Ela empurra as portas, passa por elas e dá uma espiada automática, rápida, como costumava fazer no Asilo Heather, para ver se a porta de algum paciente está aberta. Por sorte, a maioria está fechada e Janie não está entrando em nenhum sonho hoje.

Janie aproxima-se do balcão, confiante.

– Henry Feingold, por favor.

– Só família – diz o enfermeiro, automaticamente. Em seu crachá está escrito Miguel.

– Sou a filha dele.

– Hei – diz ele, olhando para ela com mais atenção. – Você não é aquela garota da narcóticos?

– Sim – Janie tenta não bater os dedos de forma visível.

– Vi você no noticiário. Você fez um bom trabalho.

Janie sorri.

– Obrigada. Então... qual é o quarto?

– Quarto 312. No final do corredor, à direita – Miguel aponta para Cabel. – Você?

– Ele é... Ele e eu. Estamos juntos – diz Janie.

O enfermeiro olha para Janie.

– Estou vendo. Então. Ele é seu... irmão?

Janie respira um pouco e sorri, agradecida.

– Sim.

Cabel assente com a cabeça e permanece calado, quase como se tivesse de provar a Miguel que iria se comportar, apesar de não ter praticamente relação familiar alguma com ninguém ali.

– Pode me falar sobre as condições de saúde dele?

– Ele não está consciente, querida. O doutor Ming vai colocá-la a par das novidades.

Miguel olha para Janie com pena. Um olhar que diz: "As coisas não estão boas".

– Obrigada – murmura Janie.

Ela segue corredor abaixo, com Cabel logo atrás. E, quando ela abre a porta...

Estática. O barulho soa como o volume máximo de estática no rádio. Janie cai de joelhos e põe as mãos nos ouvidos, mesmo sabendo que isso não vai ajudar em nada. Brilhantes cores voam ao seu redor, gigantescas placas em vermelho e violeta; uma onda amarela tão chocante que parece fazer seus olhos arderem em chamas. Ela tenta, mas não consegue falar.

Não há ninguém lá. Apenas a maldita estática e as luzes que cegam. É tão doloroso, tão vazio de sentimento ou de emoção, que não se parece com nada que Janie já tenha presenciado antes.

Com um imenso esforço, Janie se concentra para se arrancar dali. Tão logo ela sente que está conseguindo, a cena dá uma relampejada e fica límpida. Por uma fração de segundo, há uma mulher parada, em pé, em uma imensa sala escura, diante de um homem sentado em uma cadeira no canto, desvanecendo-se enquanto Janie fecha a porta para aquele pesadelo.

Janie toma fôlego e, quando consegue enxergar novamente e sentir suas extremidades, vê-se com as mãos e os joelhos no chão, do lado de dentro da sala. Cabel está ali ao lado dela, murmurando algo, mas ela não está prestando atenção. O olhar dela está fixo nos ladrilhos do chão. Ela imagina, por um breve momento, se aquele sonho, aquele caos, é como seria o inferno.

– Estou bem – diz a Cabel, levantando-se devagar, limpando partículas invisíveis de poeira de seus joelhos descobertos.

E então, ela se endireita. E se vira.

Olha para a fonte do pesadelo, e o vê pela primeira vez.

O homem que é seu pai. Cujo DNA ela carrega.

Janie inspira forte. Lentamente, sua mão vai até sua boca, e ela dá um passo para trás. Arregala os olhos de horror.

– Ah, meu Deus! – ela sussurra. – Que diabos é isso?

QUE DIABOS ESTÁ ACONTECENDO

Ainda na sexta-feira, 4 de agosto de 2006, 11h40

Cabel envolve os ombros de Janie com seu braço. Ela não sabe se é para demonstrar apoio ou para evitar que ela saia correndo do quarto. Não importa. Está horrorizada demais para se mexer.

– Ele parece uma mistura de Capitão Caverna com o Unabomber[1] – ela sussurra.

Cabel concorda com a cabeça, lentamente.

– Uau! Isso sim é um cabelo frisado esculhambado, como o

[1]Ted Kaczynski, escritor e ativista político, nascido em 1942, era antitecnologia e enviou diversas bombas por correio, nos Estados Unidos, entre o final da década de 1970 até o começo da década de 1990, antes de ser pego pelo FBI, em abril de 1996. (N.T.)

do Alice Cooper – ele vira para olhar para Janie e diz, em voz baixa:
– Como foi o sonho?

Janie não consegue tirar os olhos do homem magro e muito cabeludo que está na cama. Ele está cercado de máquinas, mas não está conectado a nenhuma, elas não estão ligadas. Ele não está com gesso, nem com bandagens. Nem gaze, nem esparadrapo.

Tem apenas um olhar de inacreditável agonia estampado no rosto.

Ela dá uma olhada para Cabel e responde a pergunta dele.

– Foi um sonho estranho – diz Janie. – Nem sei bem ao certo se foi um sonho. Era mais como se fosse um "não sonho". Como... quando se está vendo TV e os cabos se soltam. Fica com aquele ruído confuso e alto, no último volume, de estática.

– Estranho. Tinha pontos pretos e brancos também?

– Não... cores. Como gigantescos feixes de incríveis cores brilhantes... roxo, vermelho, amarelo. Paredes coloridas tridimensionais girando e vindo na minha direção, juntando-se como uma caixa e me fechando dentro; era tudo tão brilhante que eu mal conseguia suportar. Foi horrível.

– Fico feliz que você tenha conseguido sair.

Janie concorda com a cabeça.

– Então, por uma fração de segundo, as paredes desapareceram e havia uma mulher lá, bem no final, mas era tarde demais para que eu a visse. Eu já estava caindo fora. Tive a sensação de que eu estava a ponto de ter um vislumbre de um sonho real, talvez.

– Pode voltar para lá?

– Eu não sei. Nunca tentei fazer isso – ela diz. – Talvez se eu sair da sala, fechar a porta e voltar a entrar. Mas eu acho que não quero, sabe?

Cabel concorda com a cabeça. Ele dá um passo e fica mais próximo do homem. Pega a prancheta que está pendendo ao pé da cama. Fica com o olhar cravado nela, prestando atenção por um instante. Levanta a página de cima para dar uma olhada na próxima. Entrega-a a Janie.

– Eu não entendo essa coisa. Você quer saber o que está acontecendo?

Janie pega a prancheta, incerta, como se estivesse invadindo a vida de um estranho. Ainda assim, ela olha para os papéis. Tenta decifrar a terminologia. No entanto, até mesmo com a experiência que tem por ter trabalhado no Asilo Heather, não há muito ali que Janie consiga entender.

– Ahm. Parece que detectaram atividade cerebral leve, esporádica.

– Leve? Isso é bom? – Cabel mostra preocupação na voz.

– Não acho que seja bom – diz Janie, colocando a prancheta de volta no lugar.

– Ele pode nos ouvir? – sussurra Cabel.

Janie fica em silêncio por um instante. Então, ela sussurra também.

– Pode ser que sim. No Asilo Heather, sempre falávamos com os pacientes em coma como se eles pudessem nos ouvir, e falávamos para os familiares fazerem o mesmo. Vai saber.

Cabel engole em seco e olha para Janie, que, de repente, fica sem palavras. Ele a empurra delicadamente para a frente e acena na direção da cama.

Janie faz uma careta.

– Não me apressa – ela sussurra.

Ela dá uma espiada no homem. Dá mais um passo para perto dele. É tomada por um arrepio por estar apenas a um passo de seu pai grisalho. *E se ele estiver fingindo e pular em cima de mim?* Janie estremece novamente.

Ela respira fundo e, por um instante, é Janie Hannagan, a agente disfarçada. Olha mais de perto a expressão aflita de Henry. Sob toda aquela barba preta no rosto dele, sua pele é áspera. Esburacada. Janie imagina se é a ele que deve agradecer seus acessos de acne ocasionais. O cabelo na cabeça dele é desigual e fino em alguns lugares... Como se grandes tufos de cabelo tivessem sido arrancados. Em alguns lugares, Janie consegue ver o couro cabeludo de Henry. Está coberto de arranhões avermelhados.

Ela olha para as mãos dele. Suas unhas estão limpas, mas roídas até o talo. Pequenas cicatrizes pontilham suas cutículas. O pelo no peito dele, aparecendo em meio a sua roupa de hospital, também é desigual e, decididamente, mais grisalho do que o cabelo. Sua pele é branco-acinzentada, como se não tivesse visto muito sol durante todo o verão, mas seus braços têm uma leve linha de bronzeado de fazendeiro.

– O que aconteceu com você? – ela suspira, mais para si mesma do que para ele.

Ele não se mexe. Imóvel, o olhar de agonia em seu rosto é mais do que perturbador. Ela imagina se ainda há estática na mente dele.

– Aquilo deve ser muito doloroso – ela murmura.

Abruptamente, olha para Cabel.

– Isso é esquisito demais – ela fala, apontando para a porta. Cabel concorda com a cabeça e ambos saem do quarto. Fechando a porta de novo. – Esquisito demais – diz Janie, em voz alta. Isso é mais do que ela pode aguentar. – Vamos. Vamos... fazer exercícios ou ficar à toa ou almoçar ou fazer alguma coisa. Tenho de tirar esse cara da minha cabeça.

12h30

Eles param no Frank's Bar and Grille e esbarram em uma dúzia de tiras saindo dali.

– Voltaram das férias mais cedo só porque sentiram nossa falta? – provoca Jason Baker.

Janie gosta dele.

– Quem me dera! Pequena emergência familiar fez com que voltássemos mais cedo para casa. Está tudo bem agora – diz ela, soando leviana.

Cabel e Janie sentam junto ao balcão para comerem um almoço rápido. Janie consegue um *milk-shake* de graça por ser a garota da narcóticos.

Nem tudo vai mal.

13h41

Janie desliza sua perna macia sobre a perna peluda de Cabel.

Seus dedos dos pés brincam juntos, enquanto eles trabalham no porão de Cabe.

Janie pesquisa, na WebMD, coisas relacionadas a doenças cerebrais e danos ao cérebro, e não chega a conclusão alguma. Tem muita coisa para que cheguem a algo específico.

Cabel digita o nome *Henry Feingold* no Google.

– Bem – diz ele. – Não há informação alguma sobre Henry Feingold em Fieldridge, Michigan. Há um prolífico autor com esse nome, mas não parece se tratar do mesmo cara. Com o que quer que seu pai trabalhe... ah, trabalhava... não consta na internet. Ao menos não com o nome verdadeiro dele.

Janie fecha seu laptop. Suspira.

– Isso é impossível, tentar descobrir quem ele é. Imagino por que não estejam fazendo nada por ele, sabe?

– Talvez ele não tenha plano de saúde – diz Cabel, baixinho. – Não tentando julgá-lo pela aparência, mas é óbvio que ele não é um executivo.

– É... provavelmente é isso.

Janie fecha os olhos. Descansa sua cabeça no ombro de Cabel. Pensa nas duas pessoas com quem tem parentesco. Sua mãe... magra e alcoólatra, de cabelos ensebados e finos, velha e parecendo frágil aos trinta e poucos anos. Seu pai, um tipo de cruzamento estranho entre Rupert, do programa Survivor, e Hagrid.

– Como você pode suportar pensar em como ficará a minha aparência dentro de quinze anos, quando estiver cega e torta, Cabe? Oh, meu Deus, que desgosto, que circo familiar de deformidade.

– Por que você se importa tanto com a sua aparência... como você vai ficar? – ele faz carinho na coxa dela. – Você sempre vai ser bonita para mim – ele diz isso de uma forma casual, mas Janie pode sentir a tensão na voz dele.

– Ainda assim, eles dois são uns tipos estranhos.

Cabel sorri. Coloca seu laptop no chão, pega o de Janie e faz o mesmo. Depois, lentamente, empurra-a com delicadeza até que ela deite, com a barriga para cima. Ela solta risadinhas. Ele está deitado em cima dela, pressionando seu corpo contra o dela, espremendo-a como ela gosta. Ela envolve o pescoço dele com seus braços, puxando o nariz dele até o dela.

– Eu *nhamo* você, doida de circo – diz Cabel.

Quase dói ouvi-lo dizer isso.

– Eu *nhamo* você também, seu grande homem monstro cheio de calombos – diz Janie.

Dói mais ainda dizer isso.

E então eles se beijam.

Devagar, gentilmente.

Porque, com a pessoa certa, às vezes, beijar parece que vai curar.

Ainda assim, algo lhe vem à cabeça. Imagina se vale a pena... se vale a pena ficar cega, quando há outra opção.

Além disso, e se Cabel não confessar francamente seus medos de estar com ela?

É uma merda assustadora, ah, se é!

É como se Cabe fosse o cego da dupla.

O ritmo do beijo deles diminui e Cabel descansa seu rosto

na curva do pescoço de Janie, mordiscando delicadamente a pele corada dela.

– Em que você está pensando?

– Ahm... além de você?

– Esperta – diz Cabel, abrindo um sorriso, com seus lábios se movendo e fazendo cócegas no pescoço de Janie. Ele dá mordidinhas nela. – Sim, além de mim. Quer dizer, se for possível que você pense em alguma outra coisa.

– Ah... – ela diz. – Se houvesse alguma outra coisa, provavelmente seria sobre precisar ter bolas para ir confrontar a minha mãe – distraidamente, ela tira os cabelos dele da frente de seus olhos. – Tentar descobrir o que aconteceu com eles e comigo, e o que temos de fazer agora com o carinha eremita.

Cabel senta de novo e concorda com a cabeça. E então ele se levanta com um grunhido. Puxa Janie para que fique em pé também.

– Quer que eu vá com você?

– Acho que vai ser melhor se eu fizer isso sozinha. Mas obrigada.

– Imaginei. Me liga, tá?

O bizarro é que o telefone de Janie toca assim que ele diz isso.

– É a Carrie... tenho de atender – Janie sopra um beijo para Cabel, enquanto sobe as escadas para atender o telefone. – Carrie!

– Ei, vadia, meu telefone está com bateria de novo. Como vai a novela familiar aí hoje? Você está bem?

– É estranho e está tudo uma bagunça, mas está tudo bem. Obrigada de novo por cuidar da minha mãe. Você é o máximo.

– Sem problemas. Alguém tem que botar ordem na vizinhança, certo?

– Eita! Poxa, Carrie! –, mas Janie ri mesmo assim.

– Bem, você sabe onde me encontrar se precisar de mim – diz Carrie. – Hei.

– Hei, o quê?

– Estou noiva.

– O quê?

– Stu me pediu em casamento ontem à noite.

– Ah, cara, que boa notícia! – diz Janie. – E você disse que aceita?

– É óbvio, não acabei de dizer que estou noiva?

– Uau, Carrie. Você tem... você tem certeza? Está feliz com isso?

– É. Tipo, completamente! Sei que Stu é o cara com quem quero ficar.

– Mas?

– Mas eu meio que não estava esperando por isso agora.

Janie, que estava voltando da casa de Cabel, muda o rumo e vai até a casa de Carrie.

– Você está em casa?

– Tô.

– Posso entrar?

– Que fofa! – diz Carrie, soando aliviada. – Sim, entra. No meu quarto, claro.

– Certo. Até mais.

Janie desliga o telefone e vai entrando. Entra pisando forte no quarto de Carrie e cai na cama dela. Carrie está sentada em frente a uma pequena penteadeira, passando chapinha nos cabelos na frente do espelho.

– Então – diz Janie –, você tem um anel ou o quê?

Carrie abre um largo sorriso e mostra a mão.

– Sensação esquisita. Meio que fico com vergonha, sabe?

– O que a sua mãe disse?

– Ela disse que é bom que eu não esteja grávida.

Janie bufa.

– Qual o problema com seus pais, hein? Espera... você não está... está?

– É claro que não! Nossa, Janers! Posso não ter tirado as melhores notas na escola, mas eu não sou idiota. Você sabe que tomo pílula! E o Jimmy dele não chega nem perto de mim sem uma capa de chuva, saca? Não atravessa a minha pequena fortaleza!

– Certo, bom. Nossa! – Janie ri de novo. – Então... em sua voz... você parecia um pouco incerta em relação a isso.

Carrie coloca a chapinha na penteadeira e suspira.

– Eu quero me casar com o Stu. Quero mesmo. Não tem nenhum outro alguém e ele não está me pressionando, nem nada do tipo. Mas ele falou em marcar uma data, tipo, no próximo verão, para que eu possa começar o meu primeiro ano na escola de cosmetologia, mas eu só... não sei. É um passo tão importante. Não quero estragar tudo.

Janie continua em silêncio e deixa Carrie colocar tudo para fora. A sensação de ser normal de novo é estranha, de estar ali sentada conversando com Carrie.

Janie não se importaria de trocar de problemas com ela.

– Seja lá como for, é minha novidade do dia. O que você vai fazer? – Carrie ajeita seu cabelo com um produto grudento e brilhante.

– Tenho de ir para casa, tentar descobrir qual o lance com a minha mãe e esse cara, o Henry. Não faço a mínima ideia do que esteja acontecendo. Preciso que minha mãe converse comigo.

Carrie olha para Janie no espelho e balança a cabeça.

– Boa sorte nisso aí. Falar com a sua mãe é que nem conversar com aquele cara, o Godot[2] daquele livro.

Janie ri. Ela adora Carrie. Diz:

– Talvez eu acabe ficando bêbada junto com ela e descubra isso numa briga, no maior estilo briga de boteco.

– Ahá. Me chama se for fazer isso. Gostaria de ver.

Janie sorri e dá um abraço rápido em Carrie.

– Ligo sim.

Enquanto Janie caminha até sua casa, pensa que talvez não seja uma ideia tão ruim assim.

---

[2]Godot, personagem do livro *Esperando Godot*, cujo título se tornou uma expressão muito usada antigamente para indicar algo impossível, ou uma espera infrutífera. (N.T.)

ELA FALA

16h01

Janie respira fundo algumas vezes, enchendo-se de uma confiança que não existe. Mas vai conseguir aquilo que deseja. Pega uma lata de cerveja do estoque da geladeira e abre-a, tomando um golinho amargo dela. Ela não bebe nada alcoólico desde a noite na casa do Durbin, então se sente um pouco estranha.

Ela aguarda no sofá, com esperanças de que sua mãe vá sair do quarto sozinha.

16h46

Ainda esperando. A cerveja acabou.

Pega outra cerveja. Liga a TV e vê *Judge Judy*[3].

Muda de canal, para um programa de jogos... juízes trazem muitas lembranças ruins.

17h39

Onde diabos ela está? Percebe que tem de ir atrás dela.

Logo depois de ir fazer xixi.

17h43

Janie abre a porta do quarto de sua mãe com duas latas de cerveja na mão. Uma é um presente. Ou, possivelmente, uma forma de suborno. Mas, então, Janie cai no chão, do nada, sugada para dentro de um sonho. Ouve um estampido e o som da cerveja saindo, e sabe que pelo menos uma das latas se abriu.

O ruído nem é alto o suficiente para tirar Dorothea Hannagan de seu estupor bêbado. *Maldição,* pensa Janie. *Sonho mais cachaça é algo que não resulta em nada legal.*

A cabeça de Janie gira, e ela tenta, sem sucesso, arrancar-se do sonho.

Elas estão em uma fila do lado de fora de um prédio, e Dorothea está tentando fazer com que um bebê chorão durma. Janie sabe que ela

---

[3]Judge Judy é um programa de TV Norte-americano, com uma espécie de tribunal, e que mostra a ex-juíza de família Judith Sheindlin arbitrando pequenas causas. (N.T.)

é o bebê... Quem mais seria? Elas se movem lentamente, mas o prédio se move também, para longe, tornando a espera infinita. É um abrigo, ou talvez um banco de alimentos. Janie está parada, em pé, na rua, observando sua mãe, tentando chamar a atenção dela. Talvez desta vez Janie possa ajudar a mudar o sonho.

"Olha para mim", pensa Janie, tentando se concentrar. "Olha para mim."

Mas as capacidades de percepção de Janie estão desligadas, não estão fortes o bastante neste instante, e Dorothea mal dá uma espiada em Janie, desviando em seguida o olhar. Ela fica cada vez mais impaciente enquanto espera na fila. Por fim, Janie desvia seu olhar da mãe e olha para a frente da fila, para o prédio. Há duas janelas nele.

Acima das janelas, uma placa gigantesca.

"Bebês em troca de comida."

É isso o que diz a placa.

Janie observa as pessoas depositando seus bebês em uma das janelas e retirando uma caixa de comida pela outra.

Janie quer gritar com toda a sua força, mas não consegue. Reúne suas forças e rasteja, às cegas, pelo chão, até a cama, batendo a cabeça nela, debatendo-se com seus braços dormentes sobre o colchão, nem mesmo sabendo ao certo se está atingindo sua mãe, para tentar acordá-la. Tentando cair fora desse pesadelo.

Por fim, tudo fica negro.

Ao mesmo tempo, as duas gritam:

– Qual é o seu problema?

Janie ainda não consegue enxergar. Está se sentindo molhada, ensopada pela cerveja da lata que explodiu. Dorothea enxota Janie dali.

– Que diabos você está fazendo?

Janie finge conseguir enxergar. Afinal, seus olhos estão abertos.

– Eu... eu tropecei.

– Cai fora daqui, sua inútil...

– Para com isso! – Janie está meio bêbada, confusa e cega. Mas já está cheia disso. – Para de falar assim comigo! Nem vem com essa merda de "inútil"! Sem mim, você estaria na rua e sabe disso, então cala essa sua maldita boca!

A mãe de Janie está pasma.

Janie está chocada com suas próprias palavras.

Então, o silêncio.

Quando o mundo está voltando ao campo de visão de Janie, e ela consegue se mexer de novo, fica em pé, tremendo, e pega as latas.

– Que bagunça! – ela murmura. – Eu já volto.

Janie volta com panos de prato e começa a secar o lugar.

– Sabe, mãe, você não vai morrer se me ajudar aqui.

Depois de um minuto, a mãe de Janie relaxa e vai até o chão para ajudar.

– Você andou bebendo? – resmunga Dorothea.

– E daí? Por que você deveria se importar com isso? – Janie ainda está irritadíssima e um pouco alarmada por causa do pesadelo. – Por que você me odeia tanto?

A mãe de Janie se inclina mais para a frente, para alcançar um lugar ainda molhado no chão. Quando fala, sua voz está mais suave.

– Eu não odeio você.

Janie está frustrada.

– O que está acontecendo, mãe? Qual é o lance com esse cara, o Henry? Acho que mereço saber o que houve.

Dorothea desvia o olhar. Encolhe os ombros.

– Ele é seu pai.

– É, você chegou a dizer isso. Eu vou ter de fazer perguntas específicas ou você pode simplesmente me falar sobre ele? Nossa!

Dorothea faz uma careta.

– O nome dele é Henry Feingold. Nos conhecemos em Chicago, quando eu tinha 16 anos. Ele estudava na UM, mas vinha para casa no verão. Trabalhava na pizzaria Lou Malnati's, em Lincolnwood. Eu trabalhava lá também, como garçonete.

Janie tenta imaginar sua mãe realmente trabalhando.

– E então o quê? Ele engravidou você e caiu fora? Ele é um babaca? Como você acabou vindo parar aqui em Fieldridge?

– Esqueça. Não vou falar sobre isso.

– Vamos, mãe. Onde ele mora?

– Não faço ideia. Aqui perto, em algum lugar. Larguei a escola. Eu o segui até aqui. Moramos juntos um tempo, ele caiu fora e nunca mais o vi. Eis a história. Feliz?

– Ele sabia que você estava grávida?

– Não. Não era da conta dele.

– Mas... mas... como você soube que ele estava no hospital?

A mãe de Janie está com um olhar vazio agora.

– Ele tinha uma daquelas declarações judiciais com ele... Ele entregou ao paramédico. Eu era a pessoa com quem deveriam entrar em contato. O papel diz que ele não deseja nada de medidas heroicas. É o que o enfermeiro me disse.

Janie fica em silêncio.

Dorothea continua falando com mais suavidade.

– Acho que talvez eu devesse ter um desses papéis comigo também. Para que você não tenha de me manter viva, quando meu fígado apodrecer.

Janie desvia o olhar e suspira.

Sente como se tivesse de protestar contra isso.

Mas a quem ela quer enganar?

– É... – diz ela. – Talvez.

Dorothea deita-se na cama novamente. Vira-se para o outro lado.

– É sério. Não quero mais falar sobre isso. Acabou para mim.

Depois de um momento de silêncio, Janie se levanta, caminha, trêmula, até o banheiro, vomita algumas latas de cerveja barata e depois mais um pouco.

– Nunca mais – ela repete.

Em seguida, arrasta-se até seu quarto, fecha a porta, deita na cama e dorme.

2h12

Janie está correndo.
E correndo.
A noite toda.

Ela nunca chega lá.

SÁBADO

5 de agosto de 2006, 8h32

– Sim – resmunga Janie ao celular. – O quê? – ela ainda está meio sonolenta.

– Janie, está tudo bem?

Janie fica em silêncio. Ela deveria conhecer essa voz, mas não conhece.

– Janie? É a Capitã. Você está aí?

– Ah! – diz Janie. – Meu Deus, me desculpa, eu...

– Me desculpa por tê-la acordado. Normalmente eu não teria ligado, mas ouvi o Baker dizer que você teve uma emergência familiar e estava de volta à cidade. Estou ligando para saber se está tudo bem. E para saber de mais alguma coisa, se quiser me dizer. O que for melhor para você.

– Eu, argh... é complicado – diz Janie. Ela rola e fica com a barriga para cima. Parecia estar falando com um limão inteiro na boca. – Está tudo bem, sim. Bem, tipo... é uma longa história.

Argh!

– Tenho tempo.

– Posso ligar para a senhora depois? Alguém está me chamando na outra linha.

– Eu espero.

Janie sorri com uma leve dor de cabeça e alterna para a outra chamada, para atendê-la.

É Cabe.

– Hei, gata, tudo bem? O que aconteceu ontem à noite?

– É, já ligo para você em uns minutinhos.

– Tá – ele desliga.

Janie volta a falar com a Capitã.

– Voltei – diz ela.

– Certo.

– E... ahm... eu prefiro não entrar em detalhes. Tipo – Janie está se sentindo corajosa.

A Capitã para de falar por uma fração de segundo.

– É justo. Você sabe onde me encontrar, certo?

– É claro. Obrigada, senhor.

– Então, vejo você na segunda na nossa reunião, se não a vir antes. Se cuida, Janie.

A Capitã desliga.

Janie fecha o *flip* de seu celular e resmunga.

– Qual é a de todo mundo me ligando nesta merda às oito e meia da manhã?

9h24

Banho tomado, alimentada, dentes escovados. Janie sente-se um pouquinho, bem pouquinho, melhor depois de tomar um analgésico e beber três copos de água.

– Nunca mais – ela murmura para o espelho. Liga de volta para Cabel. – Desculpa eu ter demorado tanto.

Janie explica o que aconteceu na noite anterior, enquanto atravessa os quintais, sobe pela garagem dele e entra na casa de Cabel.

– Hei – diz, desligando o telefone.

Cabel sorri e desliga o dele também.

– Você tomou café da manhã?

– Tomei.

– Quer dar uma volta?

– Eu... com certeza. Estava mesmo pensando em ir até o hospital.

Cabel concorda com a cabeça.

– Legal.

– Não que eu me sinta obrigada, porque não me sinto assim.

– Nem deveria.

Janie está perdida em pensamentos. Analisando o que sua mãe disse na noite anterior, embora muito esteja nebuloso depois de toda aquela cerveja.

– Acho – diz ela, lentamente – que ele provavelmente não é uma boa pessoa.

– O quê?

– Só uma sensação. Deixa para lá. Vamos.

– Você tem certeza de que quer ir, se acha que ele é uma má pessoa?

– Sim. Tipo, quero descobrir ao certo. Só quero saber, acho. Se ele é mau. Ou não.

Cabel encolhe os ombros, mas entende. Eles saem dali.

9h39

No hospital, Janie atravessa cuidadosamente os corredores, como de costume, olhando para ver se há portas abertas. Ela fica presa em um sonho fraco, mas apenas por alguns segundos – nem mesmo tem de parar de andar. Eles ficam do lado de fora do quarto de Henry, em pé, com a mão tensa de Janie na maçaneta.

Estática e cores chocantemente brilhantes. Novamente, Janie quase cai de joelhos, mas desta vez ela está muito mais preparada. Caminha às cegas na direção da cama e Cabel a ajuda a chegar ao chão com segurança, enquanto sua cabeça lateja com o barulho. Está mais intenso do que nunca.

Assim que Janie acha que seus tímpanos vão estourar, a estática diminui e a cena muda, para uma luz tremeluzente, e uma mulher no escuro de novo. É a mesma mulher do dia anterior, Janie tem certeza disso, embora não consiga ver nenhum traço que a distinga. E, então, Janie vê que o homem está lá também. Está nas sombras sentado em uma cadeira, observando a mulher. Henry vira-se, olha para Janie e pisca. Arregala os olhos e se endireita em sua cadeira.

– Ajude-me – ele implora.

E então, como uma fita de filme arrebentada, a imagem é cortada e a estática retorna, mais alta do que nunca, como um grito constante em seus ouvidos. Janie trava uma luta, com a cabeça latejando. Tenta arrancar-se do sonho, mas não consegue se concentrar... A estática está bagunçando sua capacidade de concentração.

Ela está se debatendo no chão agora. Tensa.

Acha que Cabel está ali, segurando-a, mas não consegue sentir nada agora.

As cores brilhantes atingem com tudo seus olhos, seu cérebro, seu corpo. A estática parece picadas em cada poro de sua pele.

Ela está presa.

Presa no pesadelo de um homem que não consegue acordar.

Janie trava uma luta novamente, sentindo como se estivesse sufocando agora. Sentindo como se não conseguisse sair desta confusão, ia acabar morrendo ali.

– Cabe! – ela grita em sua cabeça. – Me tira daqui!

Mas é claro que ele não pode ouvi-la.

Ela reúne suas forças e se arranca dali, gemendo por dentro com tal força que dói tudo. Quando a imagem do pesadelo muda para a mulher de novo, Janie consegue, com muita dificuldade, sair com tudo de seu confinamento.

Ela está ofegante, tentando respirar.

– Janie? – a voz de Cabel está suave, soa urgente.

O dedo dele percorre a pele dela desde a testa até a bochecha, a mão dele pega a parte de trás do pescoço dela e a levanta, leva-a até a cadeira.

– Você está bem?

Janie não consegue falar. Não consegue enxergar. Seu corpo está dormente. Tudo que ela pode fazer é concordar com a cabeça.

E então, vem um som do outro lado do quarto.

Certamente não é Henry.

Janie ouve Cabel amaldiçoar baixinho.

– Bom-dia – diz um homem. – Sou o doutor Ming.

Janie senta o mais direito que consegue na cadeira, esperando que Cabel esteja parado, em pé, na frente dela.

– Oi – diz Cabe. – Nós... eu... como ele está hoje? Acabamos de chegar aqui.

O Dr. Ming não responde de imediato, e Janie começa a suar muito. *Ah, meu Deus, ele está com o olhar cravado em mim.*

– Vocês são...?

– Somos filhos dele.

– E essa jovem está bem?

– Ela está bem. Este é realmente... – Cabel suspira e fica com a voz presa na garganta. – Um momento realmente muito cheio de emoções para a gente, sabe.

Janie sabe que ele está enrolando pelo seu bem.

– É claro – diz o médico. – Bem.

A visão de Janie está começando a voltar, e ela vê que o Dr. Ming está dando uma olhada no quadro. Ele continua:

– Pode acontecer a qualquer momento, ou ele pode aguentar por mais alguns dias. É difícil dizer.

Janie pigarreia e encosta-se com cuidado na lateral de sua cadeira, para conseguir enxergar além da bunda de Cabel.

– Ele teve morte cerebral?

– Ahm? Não, parece haver alguma atividade cerebral pequena ainda.

– Qual é exatamente o problema dele?

– Nós, na verdade, não sabemos. Pode ser um tumor, é possível que seja uma série de derrames. E, sem cirurgia, nunca poderemos saber. Mas ele deixou claro em sua "Declaração de Não Ressuscitação" que não desejava medidas para que salvássemos sua vida, e o parente mais próximo dele... sua mãe, creio eu... Ela recusou-se a assinar qualquer autorização para que fizéssemos uma cirurgia ou quaisquer procedimentos – ele diz isso com uma voz de dó, que faz com que Janie o odeie.

– Bem – ela diz –, ele ao menos tem plano de saúde?

O médico verifica a papelada de novo.

– Aparentemente não.

– Quais são as chances de que a cirurgia o ajude? Quero dizer, ele poderia ficar normal de novo?

O Dr. Ming dá uma olhada em Henry, como se pudesse determinar suas chances olhando para ele.

– Não sei. Ele poderia nunca mais conseguir viver sozinho. Isto é, se ele chegasse a sobreviver à cirurgia.

Ele olha para a prancheta de novo.

Janie concorda lentamente com a cabeça. Eis o motivo. Eis porque ele estava apenas deitado ali. Aquilo e a "Declaração de Não Ressuscitação". Eis porque não estão fazendo nada para curá-lo... está doente demais. Ela tenta soar simplesmente curiosa, mas acaba soando nervosa.

– Então, ahm, quanto custa para ele só ficar aqui, esperando morrer... essas coisas?

O médico balança a cabeça.

– Eu não sei... realmente essa é uma pergunta a ser feita para o pessoal da contabilidade. – Ele dá uma espiada em seu relógio. Coloca a prancheta de volta. – Bem, então...

Ele sai do quarto rapidamente, puxando a porta e fechando-a.

Quando o Dr. Ming já havia saído, Janie olha com raiva para Cabel.

– Não deixe, nunca mais, isso acontecer de novo! Você não podia imaginar que eu estava presa no pesadelo? Eu não conseguia sair, Cabe. Achei que eu ia morrer.

Cabel abre a boca, surpreso e magoado.

– Eu podia ver que você estava lutando, mas, se eu interrompesse, como ia saber que você não ficaria muito brava comigo por causa disso? E o que você queria que eu fizesse, arrastasse você para fora, para o corredor? Estamos em uma droga de hospital, Hannagan. Se alguém visse você daquele jeito, estaria amarrada em uma maca em trinta segundos e ficaríamos presos aqui o dia todo; isso sem falar na conta disso tudo.

– Melhor isso do que ser sugada para a terra da estática. Não me admiro que esse cara esteja doido. Estou meio louca só de passar uns minutinhos ouvindo aquilo. Além disso... – Janie acrescenta friamente, apontando para o banheiro.

– *Hello!*

Cabel revira os olhos.

– Eu não pensei nisso, tá? Você sabe... não é como se eu passasse todo momento em que fico acordado planejando minha vida em torno dos seus problemas estúpidos. Há mais...

Ele cerra os lábios, fechando-os, silenciando-os.

O queixo de Janie cai.

– Ah, merda...

Ele caminha na direção dela, com os olhos expressando um "sinto muito". E ela dá um passo para trás. Balança a cabeça e desvia o olhar, com os dedos na boca, os olhos se enchendo de lágrimas.

– Não, Janie. Eu não quis dizer isso.

Janie fecha os olhos e engole em seco.

– Não – diz ela lentamente. Não quer dizer isso, mas sabe que é verdade. – Você está certo. Sinto muito – ela dá uma risada, ressentida. – É bom que você diga isso assim, sabe? Saudável. E tal.

– Vamos – ele diz. – Vem aqui.

Ele dá um passo na direção dela de novo e desta vez ela vai até ele. Ele passa os dedos pelos cabelos dela e segura a mão dela em seu peito. Beija-a na testa.

– Sinto muito também. E não é bem assim. Não saiu com as palavras certas.

– É? Você realmente está dizendo que não está preocupado com o que vai acontecer comigo? E em como isso vai afetar você?

– Janie... – Cabel olha para ela, sentindo-se impotente.

– Bem?

– Bem, o quê? O que você quer que eu diga?

– Quero que diga a verdade. Não está preocupado? Nem mesmo um pouquinho?

– Janie – ele diz novamente. – Nem. Por que você está fazendo isso?

Mas ele não responde à pergunta.

Para Janie, isso diz tudo. Ela fecha os olhos.

– Acho que estou um pouco estressada – ela sussurra, depois de um instante, e então balança a cabeça. Pelo menos, agora ela sabe. – Tem muita coisa na minha cabeça.

– Ah, é mesmo? – Cabe solta uma risada suave.

– Que semana maravilhosa de férias, hein?

Cabel bufa.

– É. Parece que passou uma era desde que estávamos deitados, sem fazer nada, tomando sol.

Janie fica em silêncio, pensando em sua mãe, em seu pai, e em todo o resto. Cabel e os problemas estúpidos dela, como diz ele. E agora, ela imagina: *Quem vai pagar essa conta do hospital?* Ela tem muitas esperanças de que Henry tenha dinheiro, mas, pela aparência dele, parece não ter onde morar.

– Sem plano de saúde – ela resmunga, em voz alta. Bate a cabeça no peito de Cabel. – Ai ai ai!

– Não é um problema seu.

Janie solta um suspiro profundo.

– Por que eu me sinto tão responsável por isso então?

Cabel fica em silêncio.

Janie olha para cima, para ele.

– O quê?

– Você quer que eu analise você?

Ela ri.

– Com certeza.

– Provavelmente, eu vou me arrepender de dizer qualquer coisa. Mas é assim. Você está tão acostumada a desempenhar o papel de responsável por sua mãe. Agora, você vê esse cara problemático, alguém lhe diz que ele é seu pai e – bum! – seu instinto é de se responsabilizar por ele também, pois parece que ele está mais detonado que sua mãe. Deus sabe que nunca achamos que isso seria possível.

Janie suspira.

– Só estou tentando passar por isso tudo, sabe? Passar por essas confusões, uma de cada vez, na esperança, de que seja a última. E então eu olho além disso tudo e percebo, merda. Tem mais um. Só esperando que algum dia, por fim, eu fique livre. – Janie olha para Henry e caminha até o lado da cama dele. – Mas isso nunca acontece – ela acrescenta. Olha para seu pai por um longo instante.

Pensando.

Pensando.

Talvez seja hora de mudar.

Hora de ser responsável por apenas uma pessoa.

– Vamos – ela diz, por fim, a Cabel. – Eu não acho que haja nada que possamos fazer por ele. Vamos embora. É só esperar chamarem minha mãe quando ele... quando isso acabar.

– Tá certo, docinho.

Cabel segue Janie até o lado de fora do quarto. Ele faz um aceno com a cabeça para Miguel, na recepção, que lhe oferece um sorriso de compaixão.

– E agora? – diz Cabel, pegando na mão de Janie enquanto caminham até o lado de fora do hospital, indo ao carro dele. – Comida?

– Acho que é melhor que você me leve até em casa, só, faz isso? Preciso de um tempinho para processar as coisas. É melhor dar uma olhada na minha mãe também, ver como ela está.

– Ah, tá bem – Cabel não soa empolgado. – Hoje à noite?

– É... – diz Janie, distraída. – Isso seria bom.

13h15

Janie se revira na cama. Afunda o rosto no travesseiro. Seu ventilador está no máximo, soltando rajadas sobre ela, a janela e a veneziana estão fechadas para fazer com que o calor fique lá fora. Está quente dentro da casa, mas Janie não se importa. Ainda está se recuperando da noite anterior. Ela cai no sono profundo da tarde. Seus sonhos são desordenados e aleatórios, mudando rapidamente, indo de um sonho com um aterrorizante homem sem-teto peludo perseguindo sua mãe que cambaleia por aí, bêbada, no quintal da frente da casa, nua; depois muda para o Sr. Durbin ameaçando matá-la; para um desfile com todas as pessoas de Hill em fila na rua, observando. Todos apontando e rindo de Janie, a garota da narcóticos.

Então, ela sonha algo horrível, a senhorita Stubin morrendo, e mesmo sabendo que ela já está morta, ainda dói. No sonho, Janie chora. Quando ela acorda, seus olhos estão úmidos.

Assim como o resto de seu corpo. Está suando tanto que seus lençóis estão ensopados.

E ela sente como se alguém a tivesse espancado.

Janie odeia cochilos assim.

16h22

Ela calça seus tênis de corrida, alonga-se e vai direção da porta, com a garrafa de água na mão. Acha que talvez seja isso que ela precise. Não se exercitou a semana toda.

Ela anda garagem afora, com os pés esmagando o cascalho, entrando no passo do *cooper*. Golpeia o pavimento coberto com piche, com os tênis abrindo fendas nas bolhas pretas que estão ficando cada vez mais macias devido ao sol. O suor escorre pelas costas dela, e escorre por entre os seios. Suas pernas estão cansadas, mas ela continua em frente, esperando o auge da adrenalina. Ela percorre toda a distância até o Asilo Heather, sem perceber para onde está indo. O passo rítmico, a respiração medida, ambos martelando pensamentos e lembranças ruins em sua mente, tentando golpeá-los e expulsá-los de lá.

Não tendo realmente sucesso nisso.

Subindo pela entrada dos carros e entrando no estacionamento de cimento, ela corre e então para. Fica em pé, parada, em uma vaga de estacionamento, cujas linhas parecem gastas devido aos anos de uso e por causa da falta de tinta. Olha para o céu, acima das enormes árvores de bordo, imaginando aquela noite há alguns verões, quando ela estava sentada ali fora com três dos residentes do Asilo Heather, para ver os fogos de 4 de julho. Eles gritavam "oww" e "ahhhh!", com os fogos, mesmo um deles sendo uma cega.

Cega, como Janie ficará.

Ah, senhorita Stubin.

Janie, respira pesadamente, abaixa-se até o cimento quente, e as lágrimas caem, devido à dor de ter 18 anos e estar apaixonada por um cara que não consegue conversar sobre o que está acontecendo com ela, e sentindo esse imenso peso no peito, esmagando-a, retraindo-a, impedindo-a de viver realmente como uma adolescente deveria estar vivendo. E se pergunta, não pela primeira vez, por que toda essa merda está acontecendo com ela. Acha que cometeu um erro terrível ao aceitar o emprego com a Capitã e acelerar sua própria cegueira para o benefício dos outros. Imagina como seria se tudo isso nunca tivesse acontecido com ela, se nunca tivesse lido aquele maldito caderno verde, se nunca tivesse pegado aquele trem em que tudo começou, quando tinha 8 anos. Se poderia, na verdade, ter o controle de sua vida, ao menos uma vez.

Imagina se deveria realmente fazer o que temia fazer esse tempo todo.

Salvar-se, e dane-se o resto.

– Me dá uma merda dum tempo! – ela grita para os fogos que não estão mais lá. – Que merda eu tenho de fazer só para ser normal? O que eu fiz na vida para merecer essa droga? Por quê? – ela chora, aos soluços. – Por quê?

Também, não pela primeira vez,
não tem resposta.

17h35

Janie recompõe-se.
Limpa a sujeira de seu *short*.
Volta a correr até sua casa.

18h09

Ela entra sorrateiramente na casa de Cabel. Exausta e vazia.

Ele olha da cozinha, onde está preparando um sanduíche, e pisca para ela.

– Oi – ela diz.

Fica lá, parada, em pé, com as bochechas marcadas pelas faixas de lágrimas, devido à poeira da estrada e ao suor.

Cabel torce o nariz.

– Uau. Seu cheiro está nojento – ele diz. – Vem comigo.

E então ele a leva até o banheiro. Liga o chuveiro. Ajoelha-se para tirar as roupas dela e as meias, enquanto ela arruma seus óculos no aparador e desfaz seu rabo de cavalo. Ele a ajuda a livrar-se de suas roupas ensopadas. E, em seguida, afasta a cortina.

– Vai em frente – ele diz.

Ela entra.

Ele observa-a, admirando suas curvas. Com relutância, vira-se para ir embora.

E então ele para.

Pensa que Janie poderia precisar de mimos extras.

Ele tira sua camiseta e seu *short*. Sua cueca também. E junta-se a ela.

18h42

– Hei, Cabe? – ela diz, secando os cabelos, sentindo-se renovada. Com um grande sorriso na boca. Colocando de lado todos os pensamentos, exceto um, pelo momento. – Você quer ir pegar uma capa de chuva para o Jimmy, para irmos cuidar de vocês?

Cabel olha para ela.

Vira a cabeça e aperta os olhos.

– Quem diabos é o "Jimmy"?

23h21

No porão fresquinho e escuro, ela sussurra:

– Não é Ralph, é?

Cabel fica em silêncio por um instante, como se estivesse pensando.

– Você quer dizer tipo *Forever* Ralph? Ah, não.

– Você leu *Forever*? – Janie está incrédula.

– Não havia muito que escolher do carrinho da biblioteca do hospital, e sempre tinha alguém lendo *Deenie* – diz Cabel com sarcasmo.

– Você gostou?

Cabel solta uma risada suave.

– Ahm... bem, não foi a coisa mais sábia para um cara com 14 anos ler, com enxertos recém-colocados na área lá embaixo, se é que você me entende.

Janie reprime uma risada solidária e enterra o rosto na camiseta dele. Aperta-o, bem próximo dela. Sente-o respirar. Depois de poucos minutos, ela diz:

– E então o quê? Pete? Clyde?

Cabel rola para o outro lado, fingindo dormir.

– É Fred, não é?

– Janie. Para.

– Você chamou seu “coiso” de Janie? – ela dá risadinhas.

Cabel resmunga profundamente.

– Vai dormir.

23h41

Ela dorme. Está delicioso.

Por um momento.

3h03

Ele sonha.

Eles estão na casa de Cabel, os dois, aninhados, juntos em um sofá, jogando Halo e comendo pizza. Divertindo-se. Ouve-se um som abafado ao fundo, alguém chamando e pedindo ajuda da cozinha, mas os dois ignoram... estão muito ocupados curtindo a companhia um do outro.

Os gritos pedindo ajuda ficam cada vez mais altos.

– Fica quieto! – grita Cabel.

Mas os chamados só ficam cada vez mais intensos. Ele grita novamente, mas nada muda. Por fim, ele vai até a cozinha. Janie se sente obrigada a segui-lo.

Ele grita.

– Simplesmente cale a boca e pare de falar de seus problemas estúpidos! Eu não aguento mais!

Lá, deitada em uma cama branca de hospital, está uma mulher.

Ela está contorcida, aleijada.

Cega e macilenta.

Repugnante.

É a velha Janie.

A Janie jovem do sofá se foi.

Cabel vira-se para Janie no sonho.

– Ajude-me – ele diz.

Janie fica olhando para ele. Balança de leve a cabeça, mesmo sendo compelida a tentar ajudá-lo.

– Não posso.

– Por favor, Janie. Ajude-me.

Ela olha para ele. Sem palavras. Encolhe os ombros e segura as lágrimas.

Sussurra:

– Talvez você devesse apenas dizer adeus.

Cabel olha fixo para ela. E, então, ele se vira para a velha Janie.

Estica as mãos com dois dedos.

Fecha as pálpebras dela.

Janie faz um tremendo esforço e arranca-se do sonho.

Paralisada.

Respirando pesadamente.

O mundo aproximando-se e fechando-a novamente. Ela luta para se mexer. Para respirar.

Quando consegue, Janie tropeça, com os dedos dormentes dos pés, atravessando o chão do porão de Cabe. Sobe os degraus, sai porta afora. Atravessa os quintais, até sua pequenina e sufocante prisão.

Fica deitada de lado, contando as vezes em que inspira e expira, fazendo com que sinta cada uma delas, o ar entrando e saindo. Com o olhar fixo na parede.

Imaginando por mais quanto tempo ela pode esconder tudo isso.

DOMINGO

6 de agosto de 2006, 10h10

Ela olha fixamente para a parede.

E arrasta-se para fora da cama, para encarar um outro dia.

Janie encontra Dorothea na cozinha, preparando seu coquetel do meio da manhã. É a primeira vez que Janie a vê depois que elas conversaram.

– Hei – diz Janie.

A mãe de Janie resmunga.

É como se nada tivesse acontecido.

– Alguma novidade sobre o Henry?

– Não.

– Você está bem?

A mãe de Janie faz uma pausa e olha com um olhar meio turvo para Janie. Finge um sorriso.

– Tudo bem.

Janie tenta de novo.

– Você sabe que o número do meu celular está aqui do lado do calendário, se algum dia precisar de mim, certo? E o do Cabel está ali também. Ele vai fazer qualquer coisa por você, tipo, se eu não estiver por perto ou algo assim. Você sabe disso, né?

– Ele é aquele carinha hippie?

– É, mãe. – Janie revira os olhos. Cabel cortou o cabelo há meses.

– Cabel... que tipo de nome é esse?

Janie ignora-a. Deseja nem ter dito nada para começo de conversa.

– É melhor você não ficar prenha, é tudo o que eu posso te dizer. Um bebê arruína sua vida.

A mãe de Janie vai para seu quarto arrastando os pés.

Janie fica com o olhar fixo nela enquanto ela parte. Balança a cabeça.

– Hei, muito obrigada – diz ela, em voz alta.

Pega seu celular e liga-o. Há uma mensagem de texto de Cabel. *Não vi você sair. Onde você foi? Está tudo bem?*

Janie suspira. Reponde à mensagem de texto com outra: *Só acordei cedo. Tinha algumas coisas para resolver.*

Ele responde: *Você deixou os sapatos aqui. Quer que eu os leve aí, ou...?*

Janie considera. *É. Valeu.*

11h30

Ele está na porta.

– Se importa se formos dar uma volta?

Janie aperta os olhos.

– Para onde?

– Você vai ver.

Relutante, Janie segue-o até o carro dele.

Cabel dirige para fora da cidade e desce por uma estrada que deixa para trás vários campos de milho e, depois, vários hectares de florestas. Ele diminui a marcha do carro, entortando os olhos para ver a casual caixa de correio, examinando os bosques.

– O que você está fazendo? – pergunta Janie.

– Procurando pelo dois-três-oito-oito-oito.

Janie senta-se e dá uma espiada janela afora também. Ela diz, com suspeitas:

– Quem mora aqui no meio deste nada?

Cabel entorta os olhos de novo e diminui a velocidade quando passam pelo 23.766. Ele dá uma olhada em seu espelho retrovisor e, um momento depois, um carro se aproxima, passando por eles.

– Henry Feingold.

– O quê? Como você sabe?

– Olhei na lista telefônica.

– Ah-ahm! Você é esperto – diz Janie. Incerta. Ela deveria estar ansiosa ou irada?

Ou apenas envergonhada de não ter pensando nisso primeiro?

Mais um quilômetro e meio, e Cabel vira em uma entrada de carros com mato crescido e duas faixas de cascalho. Arbustos arranham as laterais do carro e a pista é extremamente cheia de calombos. Cabel amaldiçoa baixinho.

Janie dá uma espiada para fora do para-brisa. O sol passa por entre os galhos da árvore, tornando a viagem listrada. Ela vê algo borrado a cerca de quatrocentos metros dali, em uma clareira.

– Aquilo é uma casa?

– É.

Depois de alguns minutinhos, com Cabel dirigindo a uma velocidade agonizantemente lenta pela entrada de carros cheia de protuberâncias, eles param em frente a uma pequena e decrépita cabana.

Saem do carro. No espaço para manobra do veículo, cheio de cascalho, há uma velha e enferrujada caminhonete azul, com painéis de madeira. Um recipiente de chá está em infusão no capô do carro.

Janie entende tudo.

Arbustos cercam a pequenina casa. Uma linha de rosas com as pontas levemente queimadas, ameaça tomar conta de uma grade que está apodrecendo. Poucos lírios-tigre desordenados estão bem abertos, absorvendo o calor do sol. Todas as outras flores são ervas daninhas. Do lado de fora da porta da frente, há uma pequena pilha de caixas de papelão.

Cabel dá passos cuidadosos, por arbustos que pinicam, até a suja janela, e dá uma espiada lá dentro, tentando ver através da pequenina abertura entre as cortinas.

– Não parece que tenha alguém aqui.

– Você não deveria fazer isso – diz Janie. Ela sente-se desconfortável. Está quente, e o ar está repleto do zunido dos insetos. E eles estão invadindo a privacidade de alguém. – Este lugar está me dando arrepios.

Cabel examina a pilha de caixas na porta da frente, olhando para os endereços dos remetentes. Ele pega uma delas e a chacoalha perto de seu ouvido. Em seguida, coloca-a de volta na pilha e dá uma olhada em volta.

– Quer invadir? – ele pergunta com um sorriso malévolo.

– Não. Isso não é legal. Poderíamos ser presos!

– Nem, quem vai saber?

– Se a Capitã algum dia descobrir, ela ia acabar com a gente. Ela não vai deixar isso quieto facilmente – Janie avança lentamente em direção ao carro. – Vamos, Cabe. Sério.

Cabel concorda, com relutância, e eles voltam para dentro do carro.

– Não entendo. Você não quer saber mais coisas? O cara é seu pai. Não está curiosa?

Janie olha janela afora, enquanto Cabel vira o carro.

– Estou tentando não ficar.

– Por que ele está morrendo?

Ela está perdida em pensamentos.

– É... – sabe que se não investir em Henry, pode riscá-lo da lista como problema resolvido quando ele morrer. Ele será apenas um cara aí cujo obituário está no papel. Não o pai dela. – Não preciso de mais uma coisa para me preocupar, creio eu.

Cabel avança o carro para a estrada novamente, e Janie dá uma espiada por cima do ombro pela última vez. Tudo que ela consegue ver são as árvores.

– Espero que as coisas dele não fiquem todas molhadas da próxima vez que chover – ela diz.

– Realmente importa se isso acontecer?

Eles prosseguem com a viagem em silêncio por alguns minutos. E então, Cabel pergunta:

– Você captou algo do pesadelo de Henry ontem? Eu estava com muito receio de perguntar depois de nosso pequeno desentendimento fatídico.

Janie vira-se em seu banco e observa Cabel dirigindo.

– Foi, na maior parte, a mesma coisa de antes. Estática. Cores. Mulher ao longe, e então eu vi o Henry no sonho também. Sempre sentado naquela mesma cadeira. Ele estava observando a mulher.

– O que a mulher estava fazendo?

– Só lá, parada, em pé, no meio de uma sala mal iluminada... era como se fosse um ginásio de escola ou algo assim. Não consegui ver o rosto dela.

– Ele estava apenas observando-a? Soa horripilante.

– É – diz Janie. Ela observa as fileiras de milho passarem sibilantes e tornarem-se um borrão. – Não parecia tão horripilante, na verdade. Parecia... solitário. E depois... – Janie para. Pensa. – Ahm...

– O quê?

– Ele virou-se e olhou para mim. Como se talvez estivesse um pouco surpreso por eu estar lá. Pediu que eu o ajudasse.

– Outras pessoas em sonhos viram você também, certo? Elas conversam com você.

– Ah, sim, claro. Mas... eu não sei. A sensação dessa vez foi diferente. Como... – Janie busca em suas lembranças, repassando em sua mente as dezenas de sonhos que vivenciou em sua vida. – Como nos sonhos da maior parte das pessoas, eu simplesmente estou lá e elas aceitam o fato, e conversam comigo como se eu fosse uma muleta. Mas elas não se conectam realmente... elas olham para mim, mas não me veem de verdade.

Cabel coça sua bochecha e, distraidamente, passa os dedos pelos cabelos.

– Não entendo qual é a diferença.

Janie suspira.

– Acho que não entendo também. Só me passou uma sensação diferente.

– Como no primeiro dia em que vi você no ponto de ônibus e foi a única pessoa que olhou para mim, e nossos olhos meio que se encontraram? – Cabel meio que está provocando... Mas não está, na verdade.

– Pode ser. Na verdade, parece mais como no dia em que a senhorita Stubin olhou para mim, quando eu estava no sonho dela lá no asilo e me fez uma pergunta. Meio que uma coisa de reconhecimento. Como se, de alguma forma, ela simplesmente soubesse que eu era uma apanhadora de sonhos também.

Cabel dá uma espiada em Janie e, depois, olha de novo para a estrada. Franze a testa e inclina a cabeça com ar inquisitivo.

– Espera – ele diz. – Espera um minuto – ele pisa no freio e vira-se para olhar para Janie de novo. – Sério?

Janie olha para Cabel e faz que "sim" com a cabeça. Ela vem se perguntando sobre isso.

– Janie. Você tem algum motivo para achar que esse lance de sonho possa ser hereditário? – a velocidade do carro vai diminuindo até que ele para no meio da estrada.

– Eu não sei – Janie diz. Ela olha de relance por sobre o ombro, nervosa. – Cabel, o que você está fazendo?

– Dando a volta – ele diz. Ele volta por um retorno em trevo e mete o pé no acelerador. – Isso é importante. Ele pode ter alguma informação sobre esta pequena maldição de vocês. E poderíamos não ter outra chance.

12h03

Cabel está parado, em pé, na porta da frente da casa de Henry. Tira sua carteira de motorista do bolso. Enfia a carteira de motorista no buraco da porta, do lado da maçaneta, e começa a mexê-la de um lado para o outro. Pressiona seus lábios, unindo-os, enquanto faz isso, tentando chegar até o ferrolho, para que saia do lugar e eles possam invadir.

Janie observa-o por um instante. Então, ela estica a mão e pega na maçaneta da porta. Gira-a. A porta se abre.

Cabel endireita-se.

– Bem. Quem não tranca as portas hoje em dia?

– Alguém cujo cérebro está explodindo, talvez? Alguém que mora no meio do nada e não tem nada de bom para ser roubado? Alguém que é meio louco? Talvez ele tenha dito para os paramédicos não trancarem porque ele não estava com as chaves – Janie dá um passo e entra na casinha, abrindo espaço para que Cabel a siga. – Viu? – ela diz, apontando para um porta-chaves na parede com um conjunto de chaves penduradas nele.

Está asfixiante ali dentro. Cozinha, sala de estar e cama ficam todos no mesmo cômodo. Uma porta no canto lá atrás parece que dá para um banheiro. Há um rádio na estante e uma pequena TV no balcão da cozinha. O ar quente invade a sala através de uma janela com tela aberta, no fundo da casa. Uma fina cortina amarela farfalhando. Debaixo da janela, há uma mesa com um computador velho. Parece, pela caneca de café e pela tigela, que a mesa serve como local para comer e como escrivaninha. Embaixo da mesa há uma unidade com três gavetas que já fez parte de uma escrivaninha de verdade. Alguns papéis, poucos, estão no chão, como se tivessem sido levados pela brisa.

Caixas de papelão desmontadas estão encostadas na parede perto da porta dos fundos. A cama está bagunçada. Um copo quase vazio de água está sobre uma mesinha de criado-mudo improvisada com uma caixa de papelão.

– Bem – diz Janie. – Lá se vai meu sonho de uma mágica herança surpresa. O cara é mais pobre que a gente!

– Isso não é algo fácil de conseguir – diz Cabel, entendendo tudo aquilo. Ele caminha até a escrivaninha. – A menos que... pode ser que a propriedade seja dele... pode ser valiosa – Cabel procura por algo em meio a algumas contas na escrivaninha. – Ou... não. Aqui tem um cheque cancelado no qual está escrito "aluguel" na linha do lembrete.

– Maldição – Janie, relutante, junta-se a Cabel. – Tenho uma sensação estranha, Cabe. Não deveríamos estar fazendo isso.

– Você nunca vai descobrir nada se esperar até depois que ele morrer... o governo vai tomar tudo que é dele, e o senhorio vai querer um inquilino que, na verdade, possa pagar as contas. Vão limpar este lugar todinho, vender o que puderem para pagar o hospital... e é isso aí.

– Você certamente sabe de um monte de merda qualquer – Janie olha em volta.

– Merda qualquer, mas *útil.*

– Imagino que sim.

Ela anda sem rumo certo ao redor da casinha. Em cima da TV, há uma diversidade de analgésicos de farmácia. O refrigerador está meio cheio. Um quarto de litro de leite, metade de um pão de centeio, um recipiente com salsicha defumada. Uma única prateleira está repleta de ervilhas, milho-verde, tomates e framboesas. Janie dá uma olhada janela afora, para o quintal de trás, e vê um pequeno jardim. Na lateral, arbustos de aparência silvestre pontilhados de vermelho.

O armário está quase vazio, com apenas alguns pratos e copos diferentes uns dos outros. Há uma leve camada de poeira em volta de tudo, mas não se trata de uma casa suja. Na área da sala de estar, há uma cadeira reclinável, velha e gasta, uma mesinha de canto com um abajur de madeira em cima, e uma grande estante improvisada cheia de caixas. Perto dela, há uma pequena estante de livros. Janie imagina a cena de Henry sentado ali à noite, na cadeira reclinável, lendo ou vendo TV nesta quase confortável casa. Imagina que tipo de vida era a dele.

Ela caminha até a estante de livros e vê exemplares gastos de Shakespeare, Dickens. Kerouac, Hemingway e Steinbeck também. Alguns livros com letras estranhas, parecendo hebraico. Livros de ciência. Janie tira um da estante e olha dentro dele. Vê o que deve ser algo escrito por seu pai embaixo de uma lista de nomes que foram riscados.

Henry David Feingold

Universidade de Michigan

Ela agacha e folheia o livro, lendo as anotações feitas nas margens. Imagina se são anotações feitas por ele, ou se eram de alguém antes dele. A encadernação está destruída e algumas das páginas estão soltas, então, Janie fecha o livro e coloca-o de volta na estante.

Cabel está olhando os papéis na escrivaninha.

– Notas fiscais – ele diz. – Para todos os tipos de coisas estranhas. Roupas de bebê. Videogames. Joias. Globos de neve, *pelamordedeus*! Tento imaginar onde ele guarda isso tudo. Meio bizarro, se quer saber.

Janie levanta-se e caminha até Cabel. Pega um caderno e abre-o. Dentro dele, em boa caligrafia, uma lista de transações. Não há duas similares. Janie fica perplexa com o caderno e então vai até a porta da frente. Puxa os pacotes para dentro e olha os remetentes. Batem com os que estão anotados no caderno.

Ela coloca os cabelos atrás da orelha.

– Acho que ele deve ter uma lojinha na internet, Cabe. Ele compra coisas baratas e vende-as em sua loja virtual, para ganhar algum lucro. Então, ele tem um pequeno departamento de envio e recebimento ali – ela aponta para a grande estante improvisada.

– Talvez ele vá a vendas de garagem e compre coisas também.

Janie concorda com a cabeça.

– Parece estranho que ele tenha estudado ciências na faculdade e acabe fazendo isso. Será que ele foi despedido ou algo do gênero?

– Considerando a economia de Michigan e o aumento recente da taxa de desemprego, isso é totalmente provável.

Janie abre um grande sorriso.

– Você é um tremendo dum *geek*. Eu amo você. Amo mesmo!

O rosto de Cabel ilumina-se.

– Obrigado.

– Então... – Janie coloca o caderno na mesa e pega um exemplar bem gasto, uma brochura de Catch-22[6]. Folheia as páginas, perdendo a linha de pensamento. Vê um pedaço rasgado de papel sendo usado como marcador de página. Há palavras escritas a lápis no marcador de página.

---

[4]Catch-22 é um termo cunhado por Joseph Heller em seu romance homônimo. É um paradoxo lógico em que um indivíduo encontra-se precisando de algo que pode ser obtido apenas se não há necessidade disso. Um exemplo é quando ocorrem situações em que a pessoa tem o conhecimento de ser ou tornar-se uma vítima, mas não tem o controle sobre a ocorrência disso. Janie já havia visto esse livro antes nas coisas de Henry. (N.T.)

Morton's Fork[5].

Isso é tudo que está escrito nele.

Janie fecha o livro e coloca-o de volta na escrivaninha.

– E agora?

– O que você quer fazer? Eu não vejo nenhuma evidência de que ele seja um apanhador de sonhos, e você?

– Não. Mas você acharia alguma evidência a respeito disso na minha casa, se procurasse?

Cabel ri.

– Ah, caderno verde, as anotações sobre sonhos em sua mesinha de cabeceira...

– Mesinha de cabeceira – diz Janie, dando um tapinha de leve em seu lábio inferior com o indicador. Ela caminha até a cama de Henry, mas não há nada ali. Só o copo d'água. Ela até mesmo levanta o colchão e desliza os dedos por ele e pelo estrado, procurando por um diário ou algo do tipo. – Não há nada aqui, Cabe. Deveríamos ir embora.

– E o computador?

– Não... não vamos mexer ali. Mesmo. Só vamos embora. E, além disso, você viu o cara. Ele não é todo torto e nem cego.

– Como você sabe que ele não é cego? Não tem como afirmar isso.

– É, talvez você esteja certo – diz Janie. – Mas as mãos dele pareciam boas.

– Bem... o que a senhorita Stubin disse no caderno verde? Trinta e poucos anos para o lance das mãos? Ele não pode ser muito mais velho do que isso, quarenta no máximo, certo? Então, talvez não tenha acontecido ainda.

---

[5] Morton's Fork refere-se a uma escolha entre duas alternativas igualmente agradáveis, trata-se de um dilema. Também pode ser duas linhas de raciocínio que levam à mesma conclusão desagradável. Algo como "entre a cruz e a espada". (N.T.)

Janie suspira. Não quer ir assim, tão a fundo. Não quer mais pensar no caderno verde. Caminha até a porta e fica lá, parada, em pé, por um instante. Bate a cabeça de leve na porta. Depois ela a abre, vai para fora e senta no carro abafado até que Cabel chegue.

– Hospital? – ele diz, com esperança transparecendo na voz, quando vira o carro na direção da estrada.

– Não – a voz de Janie é firme. – Já chega disso, Cabe. Não me importa se ele era o rei dos apanhadores de sonhos. Provavelmente, ele não é... provavelmente, é apenas algum cara que teria um treco se soubesse que estávamos bisbilhotando a casa dele. Simplesmente não quero mais seguir em frente com isso.

Ela está cansada disso tudo.

Cabe concorda com a cabeça.

– Tá bem, tá bem. Nem mais uma palavra. Juro.

19h07

Na casa de Cabel, os dois estão malhando. Janie sabe que tem de manter sua força a todo vapor. Eles têm uma reunião na segunda-feira com a Capitã, o que é sinônimo de missão a caminho. Pela primeira vez, Janie não se sente muito animada com isso.

– Faz ideia do que a Capitã vai ter para a gente? – Janie pergunta, entre um levantamento de peso e outro.

– Nunca se sabe nada dela – Cabel inspira e expira intensamente quando chega no fim de suas repetições para exercitar o bíceps. – Espero que seja algo tranquilo e fácil.

– Eu também – diz Janie.

– Vamos descobrir logo, logo – Cabel coloca seus pesos no chão. – Nesse meio-tempo, parece que não consigo parar de pensar no Henry. Tem algo estranho nessa situação toda.

Janie coloca a barra no lugar e senta.

– Achei que você tinha dito que ia deixar isso para lá – ela diz, provocando, mas a curiosidade toma conta dela. – Mas... e aí, o que te faz dizer isso?

– Bem, você disse que havia uma conexão no sonho, como tinha com a senhorita Stubin, certo? Isso é o que ativou meu cérebro e, agora, não consigo parar de pensar nisso. E que estranho o jeito como ele vive. Ele é um recluso. Tipo, ele tem aquela caminhonete velha estacionada no quintal, então é óbvio que ele dirige, mas...

Janie olha atravessado para Cabel.

– Hum – ela diz.

– Talvez seja tudo coincidência – ele diz.

– É provável – ela concorda. – Como você disse, ele é apenas um recluso.

Mas...

22h20

– Boa-noite, docinho – murmura Cabe no ouvido de Janie.

Eles estão parados, em pé, na entrada da casa de Cabel. Janie não vai dormir ali de novo. É difícil demais. Difícil demais manter seu segredo.

– Eu amo você – ela diz, com grande sentimento. É para valer. É mesmo para valer.

– Amo você também.

Janie afasta-se para ir embora, com os braços esticados e os dedos entrelaçados nos de Cabel, até que não mais consegue alcançá-lo, e então ela, com relutância, deixa seu braço cair e caminha lentamente, atravessando os quintais até chegar à sua rua, sua casa.

Deita-se, acordada, com a barriga para cima. E sua mente fica pensando em Cabe e repassando os eventos do dia. Seus pensamentos se voltam para Henry.

0h39

Ela não consegue parar de pensar nele.

Por que, e se...?

E como ela deveria saber, a menos que...?

Janie sai da cama, veste suas roupas, pega o telefone, a chave de casa e um lanche, para ter energia. O ônibus está vazio, só tem o motorista.

Ainda bem que ele não está dormindo.

0h58

Os chinelos de Janie batem no piso do hospital e ecoam pelos corredores que, sem isso, estariam absortos em silêncio. Um homem idoso com uma maca vazia acena com a cabeça para Janie quando sai do elevador. Lá em cima, no terceiro andar, Janie empurra a porta da UTI sem hesitar. Está pouco iluminado e silencioso lá. Janie desvia dos sonhos no corredor e, antes de abrir a porta de Henry, revisa o plano em sua cabeça.

Respira fundo e empurra a porta com tudo, fechando-a rapidamente depois de entrar. Tudo em torno dela fica preto e, em seguida, Janie é atingida pelas cores e pela horrível estática de novo.

A potência do sonho força Janie a ficar de quatro. O ataque a seus sentidos torna a gravidade dez vezes mais forte do que o normal. Ela vai e vem, sem pensar, como se fosse para evitar as gigantescas paredesblocos de cores ardentes que vêm na direção dela em 3D. Mentalmente, está tentando ouvir seus próprios pensamentos acima do ruído, o que é incrivelmente difícil... é como se ela estivesse em um vórtice de estática.

As mãos e os pés de Janie ficam rapidamente paralisados. Às cegas, ela vira para a direita e rasteja em direção ao banheiro, para, se tiver de fazê-lo, entrar lá e fechar a porta. Quando um bloco amarelo flamejante vem em sua direção, Janie faz um movimento brusco para evitá-lo e sente sua cabeça bater na parede do quarto do hospital.

– Concentre-se! – ela grita para si mesma.

Mas o ruído está esmagador. Tudo que ela consegue fazer é deslizar para a frente, arrastando seu corpo paralisado, na esperança de que esteja realmente se movendo e esperando um lampejo de algo, qualquer coisa que explique um pouco do mistério de Henry.

Janie não sabe quanto tempo vai aguentar antes de não mais conseguir se mexer.

Antes que não possa mais lutar. Incapaz de encontrar o banheiro, de quebrar a conexão.

É como se ela tivesse caído no gelo, submersa na água gélida. Dormentes, tanto o corpo quanto a mente. Até mesmo o ruído e as cores ficam menos intensos.

As coisas param de importar.

Ela não consegue sentir a si mesma se debatendo pelos arredores como uma louca.

Não sabe que está perdendo a consciência.

Não se importa mais, também. Só quer desistir, deixar que o pesadelo tome conta dela, engula-a, encha seu cérebro e seu corpo com o infinito clamor e o nauseante fascínio.

E isso acontece.

Logo, tudo fica preto.

Mas então.

Na própria inconsciência de Janie, a imagem de um homem louco, um homem louco cabeludo, que grita, que é seu próprio pai, lentamente aparece da escuridão diante dela.

Ele vai na direção dela, com os dedos pretos e cheios de sangue, os olhos ensandecidos, sem piscar. Janie está paralisada. As mãos frias de seu pai encostam em seu pescoço, em volta dele, apertando-o com força, mais forte, até que Janie não respira mais. Ela não consegue se mover, está incapaz de pensar. Forçada a deixar seu próprio pai matá-la. Conforme o aperto dele em seu pescoço fica mais forte, o rosto de Henry muda, ficando pálido, da cor de um branco doente. Ele faz mais força e começa a tremer.

Janie está morrendo.

Não tem mais como lutar.

Acabou.

Assim que ela desiste, o rosto cor de giz de seu pai transforma-se em vidro e espedaça-se em dezenas de pedacinhos.

A força da pegada dele em volta do pescoço de Janie desaparece. O corpo dele desaparece.

Janie cai no chão, ofegante, do lado dos pedaços do rosto de seu pai que explodiu. Ela olha para eles, respirando com dificuldade, por fim conseguindo se mexer.

Levanta-se.

E lá, em vez de ver seu pai no vidro, ela vê seu próprio rosto horrorizado, que grita, refletido, olhando para ela mesma.

Estática de novo.

Por muito.

Muito.

Tempo.

Janie percebe que poderia ficar presa ali. Para sempre.

2h19

E então.

Uma centelha de vida.

Um relampejo da figura de uma mulher em um ginásio escuro, a imagem de um homem em uma cadeira...

E uma voz.

Distante. Mas clara. Distinta.

Familiar.

A voz da esperança no mundo escuro de uma pessoa.

– Volte – diz a mulher.

A voz dela é doce e jovem.

Ela vira o rosto para olhar para Janie. Dá um passo na direção da luz.

Está em pé, parada, com pernas fortes, com os olhos límpidos e brilhantes. Seus dedos, não retorcidos, mas longos e amáveis.

– Janie – diz ela, séria. – Janie, minha querida, volte.

Janie não sabe como voltar.

Está exausta. Foi. Foi-se deste mundo e está pairando em algum lugar onde nenhuma outra pessoa viva poderia estar.

Exceto Henry.

A mente de Janie é bombardeada por uma nova cena, uma cena tranquila e silenciosa, de um homem em uma cadeira e uma mulher, agora parada, em pé, na luz, implorando para Janie voltar. A mulher caminha até Henry, fica parada, em pé, ao lado dele. Henry vira-se e olha para Janie. Pisca.

– Ajude-me – ele diz. – Por favor, por favor, Janie. Ajude-me.

Janie está aterrorizada com ele. Ainda assim, não há nada que ela possa fazer senão ajudá-lo.

É seu dom.

Sua maldição.

Ela é incapaz de dizer "não".

Compelida, Janie força-se a ter total atenção, a ter completa consciência, morta de temor de que as horríveis cores ardentes e o ruído voltem a qualquer momento, com temor de chegar perto desse homem que vira um louco e a estrangula. Desejando que pudesse reunir suas forças e arrancar-se deste pesadelo agora, enquanto ainda tem chance. Mas ela não consegue.

Janie luta em silêncio para ficar em pé no ginásio. Com muito esforço, caminha na direção dos dois, com seus passos ecoando. Ela não faz ideia do que fazer por Henry. Não vê nada que possa fazer para ajudá-lo. Quer mesmo apenas amarrá-lo, ou talvez matá-lo, para que ele não tenha a chance de machucá-la.

Ela para a alguns passos de distância deles. Olha fixamente para a mulher lá parada, em pé, não acreditando muito no que vê.

– É você – ela diz. Sentindo um ataque de alívio. Seu lábio treme. – Ah, senhorita Stubin.

A senhorita Stubin estica os braços, e Janie, pasma ao vê-la novamente e incrivelmente fraca devido a este pesadelo, vai tropeçando de encontro aos braços dela. A senhorita Stubin segura-a com força, bem reconfortante. Esse ato repara um pouco das forças de Janie, que está muito emocionada ao sentir a calidez e o amor no toque da senhorita Stubin.

– Hei, está tudo bem com você – diz a senhorita Stubin.

– Você! – diz Janie. – Você está... achei que não a veria de novo.

A senhorita Stubin sorri.

– Eu estava aproveitando bem meu tempo com o Earl, desde a última vez que vi você. É bom ficar inteira de novo.

Ela faz uma pausa, com os olhos brilhando, que apanham os indistintos raios de luz que entram pelas pequeninas janelas superiores do ginásio. E então ela olha na direção do emudecido Henry, que está sentado, como sempre, imóvel.

– Acredito que eu esteja aqui por Henry... Penso em trazê-lo para casa, se é que você entende o que quero dizer. Às vezes, nem eu mesma sei por que sou convocada para os sonhos de outros apanhadores.

Janie arregala os olhos.

– Então é verdade. Ele é um apanhador de sonhos mesmo.

– Sim, parece que sim.

Elas olham para Henry, e depois olham uma para a outra. Em silêncio, ponderando. Os apanhadores de sonhos, todos juntos em um único lugar.

– Uau – murmura Janie. Vira-se de novo para a senhorita Stubin. – Por que você não me falou sobre ele? Você disse no caderno verde que não havia mais nenhum outro apanhador de sonhos vivo.

– Eu não tinha conhecimento dele – ela sorri. – Parece que ele precisa de sua ajuda primeiro, antes que possa vir comigo. Estou feliz por você ter vindo.

– Não foi fácil – diz Janie. – Os sonhos dele são horríveis.

– Ele não tem muitos mais – diz a senhorita Stubin.

Janie pressiona os lábios, unindo-os, e respira fundo.

– Ele é meu pai. Você sabia disso, certo?

A senhorita Stubin balança a cabeça, em sinal de negativa.

– Eu não sabia. Então é hereditário. Eu me perguntava isso com frequência. É por isso que não tive filhos.

– Você... – Janie é subitamente atingida por um pensamento. – Você não é parente, é? Quero dizer, nossa parente?

A senhorita Stubin abre um sorriso cálido.

– Não, minha querida. Isso não seria uma coisa de louco?

Janie ri suavemente com a loucura disso tudo.

– Você acha que talvez haja outros por aí, então? Além de mim?

A senhorita Stubin segura as mãos de Janie e aperta-as.

– Saber da existência de Henry me traz esperanças de que haja mais de nós. Todavia, é quase impossível encontrar os apanhadores de sonhos – ela dá umas risadinhas. – O melhor que se pode fazer para encontrá-los é dormir em lugares públicos, imagino.

Janie concorda com a cabeça. Dá uma olhada em Henry.

– Como devo ajudá-lo?

A senhorita Stubin levanta uma sobrancelha.

– Não sei, mas você sabe o que fazer para descobrir. Ele já pediu sua ajuda.

– Mas... eu não vejo... e ele não está me levando a lugar algum.

Janie olha em torno do ginásio quase vazio, procurando pistas, tentando imaginar o que poderia, possivelmente, fazer para ajudar Henry. Não querendo chegar perto demais dele.

Por fim, Janie vira-se para Henry e respira fundo, dando uma olhada de relance na senhorita Stubin, brevemente, para ter algum apoio.

– Hei, você – ela começa. Sua voz está um pouco tremida, nervosa, assustada, incerta quanto ao que esperar. – Como posso ajudá-lo?

Ele fica com o olhar cravado nela, com uma expressão vazia no rosto.

– Ajude-me – ele diz.

– Eu... eu não sei como, mas você pode me dizer.

– Ajude-me – repete Henry. – Ajude-me. Ajude-me. Ajude-me. AJUDE-ME. AJUDE-ME. AJUDE-ME! AJUDE-ME!!

A voz de Henry transforma-se em gritos insanos, e ele não para. Janie recua, mantendo a guarda, mas ele não vem na direção dela. Ele estica os braços até a cabeça e segura-a, gritando e arrancando tufos de cabelos de seu couro cabeludo. Os olhos dele estão saltados e seu corpo está rígido, agonizando.

– AJUDE-ME!

Os gritos dele não têm fim. Janie está paralisada, chocada, horrorizada.

– Eu não sei o que fazer! – ela grita, mas sua voz é abafada pela dele.

Aterrorizada, ela procura a senhorita Stubin, que observa a cena com atenção e com um pouco de medo.

E então.

A senhorita Stubin estica os braços.

Encosta no ombro de Henry.

Os gritos dele vão parando aos poucos. Param de vez. O ritmo alterado de sua respiração cansada diminui.

A senhorita Stubin olha fixamente para Henry, concentrando-se. Concentrando-se no foco. Até que ele se vira para olhar para ela e fica em silêncio.

Janie observa.

– Henry – diz a senhorita Stubin gentilmente. – Esta é sua filha, Janie.

Henry não apresenta reação alguma. E então o rosto dele fica contorcido.

Imediatamente, a cena à frente de Janie começa a rachar. Pedaços do ginásio caem longe, como se fossem pedaços de um espelho quebrado. Luzes brilhantes aparecem pelos buracos. Janie vê isso acontecendo, e seu coração bate forte. Ela lança um olhar desesperado para a senhorita Stubin e para seu pai, desesperada para saber se ele entende, mas ele está segurando a cabeça novamente.

– Não posso ficar aqui dentro – grita Janie, e ela reúne todas as suas forças, arrancando-se do pesadelo antes que a estática e as cores ofuscantes tomem conta dela novamente.

2h20

Tudo está em silêncio, exceto pelo zumbido nos ouvidos de Janie.

Passam-se minutos enquanto Janie fica deitada com o rosto voltado para baixo, sem se mover, sem enxergar, no frio e úmido piso do quarto do hospital. A cabeça dela dói. Quando tenta se mexer, seus músculos não obedecem.

2h36

Por fim, Janie consegue enxergar, embora tudo esteja meio indistinto. Ela resmunga e, depois de umas poucas tentativas, consegue ficar em pé, equilibrando-se apoiada na parede, limpando a boca. Há sangue na mão dela. Ela move a língua em volta da boca, com extremo cuidado, notando o corte na bochecha, onde aparentemente ela mordeu durante o pesadelo. Sente o pescoço, a garganta, cuidadosamente. Seu estômago vira do avesso quando ela engole saliva com sangue. Janie aperta os olhos para olhar em seu relógio, chocada ao ver que tanto tempo tinha passado.

E, então, ela se vira para olhar para Henry. Passa os dedos pelos cabelos emaranhados, enquanto está com o olhar fixo no rosto agonizante dele, congelado na mesma expressão horrível que tinha no sonho, quando gritava repetidas vezes sem parar.

– Qual é o problema com você? – ela pergunta. A voz dela soa como a estática no pesadelo.

Ela morde o lábio inferior e ainda o observa a certa distância, lembrando-se de Henry, o homem louco. Ele está inconsciente. *Ele não pode me machucar.*

Ela não acredita nisso, de forma que fala isso em voz alta, para si mesma e para ele. – Você não pode me machucar.

Isso ajuda um pouco.

Ela dá um passo para mais perto dele.

Ao lado da cama dele.

Com seus dedos pairando acima da mão dele, Janie imagina-o pulando, agarrando-a com aquela pegada fria da morte. Rasgando sua garganta. Estrangulando-a. Ainda assim, lentamente, ela abaixa a mão e coloca-a em cima da mão de Henry.

Ele não se mexe.

As mãos dele são cálidas e ásperas.
Justamente como as mãos de um pai deveriam ser.

2h43

Está tarde demais para pegar o ônibus.

Quando consegue, Janie sai andando, cruzando o hospital e descendo até a rua. Lentamente, avança com dificuldade até sua casa, na calada da noite.

SEGUNDA-FEIRA

7 de agosto de 2006, 10h35

Um apanhador de sonhos. Seu pai. Tal como ela.

Inacreditável.

Janie veste as roupas que usa para correr e vai até o ponto de ônibus. Pega o ônibus até o último ponto na divisa da cidade. E percorre, correndo, o resto do caminho.

As coisas no interior são muito mais lentas do que na cidade. Os pés de Janie golpeiam o asfalto enquanto ela corre, com o mundo parecendo parar diante de seus olhos. Fileiras e mais fileiras de milho maduro imploram para serem colhidas. Enquanto ela corre, Janie pode ver as suaves franjas em tom marrom passarem como se fossem um borrão.

Seus óculos deslizam pelo nariz por causa do suor, e ela é mais uma vez lembrada de que precisa absorver as coisas que vê enquanto pode. Sente náuseas ao pensar em perder tudo isso, então absorve tudo, um passo depois do outro, até que sua mente começa a vagar novamente.

Ela ouve o coaxar das pererecas nas árvores e lembra-se de como, quando era pequena, costumava pensar que o coaxar intenso não era de um animal, mas sim o som de fios elétricos pulsando com energia. Quando descobriu que o ruído vinha das pererecas, não acreditou.

Ainda não acredita.

Afinal, ela nunca viu uma de verdade.

E, enquanto inspira o ar com cheiro de velho e úmido, o odor fraco de excremento de vaca torna-se algo comum. Misturado com o cheiro enjoativamente doce de flores selvagens e o toque cáustico dos remendos recentes na estrada.

A cabeça de Janie está tranquila e segura quanto a seu propósito, quando chega na entrada de carros com mato crescido da casa de Henry. Diminui o passo de sua caminhada, tentando acalmar-se.

Tão logo chega na clareira, seu celular toca em seu bolso. Ela ignora-o, sabendo que é bem provável que seja Cabel. Precisa pensar. Fazer isso sozinha. Abre a porta e dá um passo para dentro da casa.

Aquela sensação lúgubre toma conta dela... a sensação que faz com que sinta um estremecimento e se sinta um pouco tonta e com náusea, tudo ao mesmo tempo, quando está em algum lugar aberto e quieto e extremamente inacessível. Janie bufa de raiva, ainda com falta de ar, e o ruído quebra o silêncio.

– Fala comigo, Henry, seu horripilante estranguladorzinho – diz Janie, suavemente. – Me mostre como posso ajudá-lo.

Ela anda até a cozinha, limpa sua testa suada em um pano de prato e pega um copo do armário. Abre a torneira. A água fica engasgada e esguicha, com uma adorável coloração de ferrugem, até que começa a sair límpida algum tempo depois. Janie deixa a água correndo por um minuto e enche o copo. Bebe, a água tépida não está suja o suficiente para fazê-la vomitar.

Decide mexer no computador primeiro. Inicializa-o e percebe que a conexão é discada. Não é de se admirar por ser tão no interior, mas ainda assim é completamente irritante.

– Fala comigo – murmura ela de novo, batendo com as pontas dos dedos impacientemente na mesa.

Primeiro, ela procura por algo nos favoritos dele. De imediato, encontra a loja on-line de Henry e faz o login, com o nome de usuário e a senha dele desprotegidos, já preenchidos. Janie examina compenetradamente a loja on-line, que se chama *Dottie's Place.* Encontra uma coleção de itens estranhos e que não têm a ver uns com os outros, incluindo roupas de bebês e de crianças, pequenos equipamentos eletrônicos, livros e estatuetas de vidro colecionáveis. Ela clica em um macacão de marca "levemente usado" e lê a descrição. Lê as palavras que Henry escolhe. Vê a inteligência e a habilidade dele com marketing e seu jogo de cintura com os negócios reunidos na lojinha.

Há diversos leilões em andamento, mais uns poucos que terminaram nos dias desde que Henry ficou doente.

E então ela vê a pontuação dele: 99,8% positivo.

Janie não reconhece o sentimento que lhe sobe ao peito.

Que deixa seus olhos marejados.

Tudo o que ela sabe é que Henry Feingold tem uma classificação quase perfeita.

Ela não vai deixar aquele registro ficar maculado.

Janie congela o inventário. Avalia os itens que já foram vendidos e busca-os nas prateleiras dos estoques. Embala os itens e encontra os rótulos da UPS[6] na gaveta. Preenche-os. Imagina se precisa ligar para que façam a coleta, mas então encontra o *link* on-line nos favoritos de Henry. Ela agenda uma coleta para antes das 5 da tarde. Arruma as caixas do lado de fora para não se esquecer.

De volta ao computador, Janie fuça nas outras páginas de favoritos de Henry. Um fórum de política, um *website* de culinária, diversos *links* para profissionais de marketing, um *website* de feriados judeus. Outros de jardinagem.

Sonhos.

E um *link* para uma página da Wikipedia sobre *Morton's Fork.*

Janie clica nesse último.

Lê a página.

Descobre que Morton's Fork não é literalmente um garfo. É um termo para uma espécie de dilema. Em suma, é uma escolha forçada entre duas coisas igualmente arrombadas.

Janie lê a respeito e vê uma comparação com *catch-22* e dá uma espiada no livro sobre a mesa que cunhava a fase. Ela franze a testa.

– Certo, senhor horripilantemente esquisito – ela murmura, de volta ao computador, digitando palavras-chave de busca como uma louca. – De que você está falando? Qual é a sua grande escolha?

E então ela para de digitar no meio da palavra.

Afunda de volta na cadeira, lembrando-se da última vez que leu a respeito de um *catch-22.* Apenas poucos meses atrás, em um caderno verde de espiral.

É claro que sabe.

Fica claro o que Henry escolheu anos atrás.

Ele não tinha a senhorita Stubin para ajudá-lo. Ensiná-lo.

Ele não tinha ninguém.

---

[6]United Parcel Service, ou UPS, é a maior empresa de logística e distribuição de encomendas do mundo, distribuindo diariamente mais de 14 milhões de encomendas em mais de 200 países.(N.T.)

12h50

O ruído de um caminhão que faz chacoalhar e sacudir a casa interrompe a atenção de Janie. Através da janela, ela vê o caminhão fazendo alarde em sua direção, e seu coração dispara, sabendo que ela não deveria estar ali. Todavia, quando o motorista bate na porta, ela grita em uma voz amigável:

– Hei, Henry, você tem de vir assinar isso daqui! Já voltou?

Janie hesita e então abre a porta.

– Oi.

A mulher da entrega olha para cima, com a máquina na mão. O suor forma uma faixa em suas bochechas bronzeadas, e ela tem marcas úmidas de suor debaixo das axilas. Usa o *short* marrom do uniforme da empresa, e suas pernas estão cobertas de picadas de mosquitos e de machucados. Parece surpresa e confusa por um momento, mas então diz:

– Você tem 18 anos? Você pode assinar.

– Eu... sim.

– Onde está o Henry? Saiu para as vendas de garagem? Bem, obviamente não, porque o carro dele está ali... Bem, você pode dizer a ele que eu vi uma placa sobre uma grande venda de objetos antigos Luther'ns. Lá no Washtenaw, na sexta e no sábado – ela parece inquieta.

– Henry está... não vai poder ir. Ele está... doente. Não está bem – Janie sente um aperto se formando na garganta. – No hospital... provavelmente não vai conseguir ir.

A mulher fica de queixo caído. Agarra o batente.

– Ah, nossa! Você não está falando sério. Você é... quem é você? – ela bate com o punho no quadril, como se fosse para se conter. – Se eu puder saber... tipo... não é da minha conta, mas Henry é meu cliente há anos. Somos amigos – ela vira-se abruptamente e fica com o olhar fixo no bosque, batendo as pontas dos dedos nos lábios e então sacudindo seus cabelos.

– Meu nome é Janie. Sou a filha dele – diz Janie. Isso soa estranho.

– Filha dele? Ele nunca me disse que tinha filhos.

– Não acho que ele soubesse da minha existência.

A mulher suspira.

– Bem, sinto muito, com certeza. Você diz a ele que desejo melhoras?

– Com certeza, eu... ele está em coma ou algo do gênero, mas ainda assim vou falar para ele. Mas... você pode me falar um pouco sobre ele? Tipo, só descobri que ele era meu pai quando foi levado para o hospital, então, eu não sei nada... – Janie engole em seco. – Você quer um pouco de água?

– Não, obrigada. Tenho bastante água no caminhão – ela espanta, sem se importar muito, um mosquito, ainda em estado de choque com a notícia. – Henry Feingold é um cara bom. Não incomoda ninguém. Ele pode até parecer um pouco estranho, mas tem um coração de ouro. Só faz os negócios dele e mora aqui completamente sozinho, mas diz que prefere assim. Ele estuda muito no computador, fazendo pesquisas para os negócios dele e algumas outras coisas... Acho que ele fez um curso on-line uma vez. Não sei bem ao certo o que era, mas geralmente tem alguma coisa de interessante sobre o que conversar.

– Ele chegou a mencionar que estava se sentindo doente na semana passada?

– Nada além das costumeiras dores de cabeça. Ele tem enxaqueca, às vezes. Nunca foi ver isso, embora eu tenha dito que deveria. Ele disse que não tinha plano de saúde.

– Então, ele vinha tendo dores de cabeça faz um tempo?

– Ficavam indo e voltando. É isso que...? – a mulher da UPS faz um movimento de cabeça em vez de dizer as palavras.

– É. Algo no cérebro dele, possivelmente um tumor. Acho que eles não sabem de muita coisa.

A mulher da UPS olha para baixo, para o chão.

– Bem. Realmente sinto muito. Cuide-se. Eu... é. Droga. Sinto muito mesmo – ela pega os pacotes que Janie preparou para envio.

– Obrigada – diz Janie.

– Se algo acontecer, sabe... você poderia me deixar um aviso, um bilhete, na porta? Eu passo por aqui bastante, de vez em quando, duas vezes em um dia, se tiver que fazer uma coleta de tarde. Eu certamente ficaria grata se você fizesse isso. Meu nome é Cathy, com C.

Janie concorda com a cabeça.

– Vou tentar. Hei, Cathy?

– Sim?

Janie fica batendo os dedos inquietantemente.

– Ele não é, tipo, cego ou algo do gênero. É?

Cathy lança um olhar inquisitivo para Janie.

– Não – ela diz. – Ele nem usa óculos.

13h15

Janie senta na velha cadeira de descanso, pensando em tudo aquilo.

Isolamento.

Ele mora ali, tem trinta e tantos anos, não está cego e nem aleijado.

– Ah, droga – diz Janie. Deixa sua cabeça cair de encontro ao apoio da cadeira. – Que diabos estou fazendo? Faz todo sentido! Como sou idiota!

Seu telefone não para de tocar.

– Hei – ela diz.

– Hei – diz Cabe, parecendo chateado. – Tem alguma coisa acontecendo com você ou o quê?

– Eu só precisava fugir um pouco – diz Janie. – Por quê? O que tem de tão importante que eu não posso ficar sumida por três horas sem que venham atrás de mim? – O tom dela é mais ferino do que ela pretendia. Mas Janie estava mesmo começando a gostar do silêncio.

Cabel não fala por um momento e Janie encolhe-se de medo.

– Desculpa – diz ela. – O que eu disse não foi certo.

– Tá certo, bem – ele responde. Mas a voz dele ainda está áspera. – Eu estava ligando para saber que horas você queria que eu te pegasse para a reunião que temos com a Capitã. Às 14 horas.

Janie senta direito na cadeira.

– Ah, droga! – olha o relógio. – Merda, eu esqueci! – dá uma espiada em volta da sala para ter certeza de que tudo está no devido lugar e segue porta afora, fechando-a, mas sem trancar, como Henry a deixou. – Saí... para correr. Vou voando até em casa tomar um banho rápido. Que tal 13h55?

– Uau, isso é bem em cima da hora. Chegaremos atrasados. Não quer que eu vá buscar você onde está agora e a deixo em casa mais rápido?

Janie começa a caminhar em ritmo de cooper pela entrada de carros, com os músculos tensos.

– Não – diz. – Posso encontrar você na delegacia.

– O quê, você vai pegar um ônibus? A Capitã vai ficar muito brava. Eu devo pegar você e levá-la até lá. Você sabe disso. Vamos, Janie – ele soa muito bravo.

A voz de Janie treme enquanto ela corre. Ela expira entre os lábios contraídos para evitar a pontada que já está sentindo no estômago.

– Eu sei – ela diz. – Eu sei.

– Onde você está?

Ela desacelera o passo, caminhando.

– Quer saber, Cabe, eu acho... só... vai sem mim – ela diz. – Certo? Eu não vou.

– Quê...? Janie! Vamos lá. Não faz isso. Eu pego você às 13h55. Vai ficar tudo bem.

Janie continua andando.

– Não – ela diz com firmeza. – Tenho umas coisas a fazer. Ligo para ela e explico. Simplesmente vai lá.

– Mas... – Cabel suspira.

Janie fica em silêncio.

– Tudo bem – ele diz, e desliga sem se despedir.

Janie fecha o flip de seu telefone e enfia-o de volta no bolso.

– Ah, meu Deus – diz ela. – Não sei se consigo fazer isso.

Ela liga para a Capitã, enquanto caminha de volta até sua casa.

– Tudo certo, Hannagan?

– Na verdade não, senhor – diz Janie. Sua voz fica estremecida. – Não vou aí hoje. Sinto muito.

Silêncio.

Janie para de caminhar.

– Não dá para eu ir à reunião. Eu... eu acho que tomei minha decisão.

Ouve-se um som da cadeira dela rangendo e um suspiro suave do outro lado da linha.

– Certo. Bem... – ela faz uma pausa. – Cabe?

Janie cai de bunda na lateral da estrada e aperta os olhos até se fecharem. Morde o dedo indicador. Inspira a ponto de manter sua voz em um tom constante.

– Ainda não – ela diz. – Em breve. Preciso de alguns dias para imaginar o que vou fazer daqui para a frente.

– Ah, Janie! – diz a Capitã.

13h34

Ela está em pé, parada, na estrada, incerta quanto para onde ir agora. Para casa ou de volta à casa de Henry. Sua cabeça lhe diz uma coisa.

Mas, quando seu estômago ronca, ela sabe a resposta.

Não parece certo comer a comida de seu pai. Então, ela se arrasta até o ponto de ônibus. Pensando, sempre pensando.

Ela sabe que vai ter de dizer adeus para Cabel.

Para sempre.

É simplesmente difícil imaginar-se fazendo isso.

14h31

Em casa, Janie prepara três sanduíches. Come um deles, embrulha os outros dois no plástico e coloca-os em sua mochila. Dorothea faz uma aparição rara, procurando coisas na geladeira.

– Você quer que eu faça um sanduíche para você, mãe? – diz Janie, realmente não desejando fazê-lo. – Peguei todas as coisas, estão aqui.

Dorothea dispensa a sugestão com um aceno de mão apático e um resmungo, e pega uma cerveja. Sai arrastando os pés de volta ao seu quarto.

E, em seguida, a porta da frente se abre.

– Hei, Janers, você está em casa? – é Carrie.

Janie geme por dentro. Ela só quer voltar para a casa de Henry.

– Hei, garota. O que tá pegando?

– Nada.

Carrie fica perambulando pela cozinha e ajeita-se, sentando-se no balcão. Coloca o pé à mostra. Está de chinelo.

– Olha as minhas unhas. Você não está com inveja?

Janie concentra sua atenção nos dedos dos pés de Carrie.

– Demais! Muito fofos, Carrie.

Janie enche uma garrafa de água da torneira e enfia-a em sua mochila também.

– Você vai a algum lugar? – Carrie parece um pouco desapontada.

– É – diz Janie.

– Para a casa do Cabe?

– Não – Janie suspira. Ela foi forçada a mentir para Carrie, quando estava em uma missão durante seu último ano na escola. Não quer fazer o mesmo agora. – Posso confiar em você e contar um segredo?

– Dã.

Janie sorri.

– Eu... eu... descobri a casa do Henry. Vou voltar lá e tentar descobrir mais coisas sobre ele.

– Legal! – Carrie salta do balcão. – Posso ir junto? Eu dirijo.

– Ahm... – diz Janie. Ela quer ficar sozinha, mas depois de já ter feito uma caminhada até a casa do Henry hoje, só de pensar em ter carona para ir até lá e voltar é algo tentador demais para dizer não. – Com certeza. Você pode ficar pronta para ir, tipo, agora?

– Sempre estou pronta para sair. Vou ligar o motor da divazinha e encontro você na garagem.

14h50

– Então – Janie diz, do banco do passageiro do Nova 1977. – Sem planos com o Stu hoje à noite?

– Não – Carrie franze a cara enquanto dirige o carro, seguindo as instruções de direção dadas por Janie. – Por que *todo mundo* me pergunta isso sempre que me veem sem ele?

– Porque você está quase sempre com ele!

– Então. Eu sou eu mesma também. É tudo isso que temos para conversar? Onde está o Stu?

Janie enfia a cabeça para fora da janela para pegar uma brisa no rosto e tem esperanças de que não haja sonhadores.

– Vocês estão brigando ou algo assim?

– Não – diz Carrie.

– Certo. Então... quando começa a faculdade para você?

Carrie se anima.

– Logo depois do Dia do Trabalho. E vai ser o máximo. Finalmente! Vou aprender algo em que realmente tenho interesse!

– Você vai ser a melhor da classe, Carrie. Você tem habilidades insanas com cabelos.

– Tenho, não tenho? – responde. – Obrigada – ela tira os olhos da estrada por um momento para olhar para Janie. Os olhos dela brilham só um pouquinho. Talvez estejam apenas cheios de água por causa do vento. Ou não.

Janie sorri, coloca seu braço em torno do pescoço de Carrie e dá um meio abraço na amiga. Lembra-se de que Carrie não tem muito encorajamento em casa.

Carrie avança com Ethel pela entrada da casa cheia de protuberâncias. Ethel protesta com gritinhos agudos e gemidos, mas Carrie continua forçando-a a seguir em frente.

– Por que diabos ele mora aqui nesta província... Saskatchewan? Parece que estamos no fim do mundo – Carrie diz, soltando risadinhas.

Janie não se dá ao trabalho de dizer que a província canadense mais próxima é, na verdade, Ontário. Nem que elas estavam indo em direção ao sul.

Do lado de fora do carro, Janie segue diretamente em direção à casa enquanto Carrie começa a ligar os pontos: os arbustos crescidos demais, a pequenina cabana velha, a porta que foi deixada destrancada.

– O que, ele não tranca a porta?

– Ele não trancou... pelo menos não da última vez que saiu.

– Bem, é. Notei isso. Não é como se ele vivesse na vizinhança, saca? Quem vem aqui? Vir aqui seria realmente um tiro no escuro. As pessoas daqui ou sacam uma arma ou convidam para comer um assado.

Carrie continua se queixando.

Janie ignora.

E tudo está bem.

15h23

Janie vai direto para o computador. Carrie fica dando voltas pela cozinha, comendo framboesas da geladeira, mas Janie não presta atenção alguma. O computador, ainda ligado desde que ela saiu com muita pressa mais cedo, demora a vida toda para sair do modo de descanso, demora mais uma vida para ficar on-line com o acesso por linha discada.

O barulho da discagem faz com que Carrie olhe para Janie.

– O que você está fazendo no computador dele, Janers? Isso é, tipo, errado, não é? – Carrie está parada, em pé, na cozinha, com as mãos nas portas do armário, pegando coisas e colocando-as de volta no lugar.

– Nem – mente Janie. – Ele é meu pai. Eu posso.

Carrie encolhe os ombros e vai para o próximo cômodo.

Janie fica perplexa com o nome da loja de Henry.

– Hei, Carrie, "Dottie" é apelido de "Dorothea", não é?

– Como eu vou saber? – diz Carrie. – É, parece que poderia ser sim. E tremendamente mais fácil de falar do que o nome inteiro.

– É – diz Janie, e então abre uma nova janela e pesquisa no Google. – Com certeza é sim.

– O quê? – grita Carrie, agora aparentemente sentada no chão da cozinha. As panelas trepidam ruidosamente.

– Nada – diz Janie, distraidamente. – Simplesmente pare. Pare de fazer o que estiver fazendo. Você está me deixando nervosa.

– O quê? – grita Carrie de novo.

Janie suspira. Seus dedos ficam pairando em cima do mouse, decidindo. Por fim, solta-o, abrindo a caixa de e-mails de Henry.

Sente que está realmente bisbilhotando agora.

Mas não consegue evitar.

Janie sorri, lendo a correspondência gentil dele com os clientes, tentando imaginar como ele seja. Deseja ter podido conversar com ele sobre tudo isso.

Sobre a vida dele.

Mas, então, um som alto de algo caindo na cozinha assusta Janie de novo, e ela dá um pulo, frustrada.

– Carrie, que diabos?! Sério! Fica quieta, tá? Santo Cristo, não posso te levar a lugar nenhum!

Janie só quer se concentrar, conseguir saborear essas palavras. As interrupções estão deixando-a com muita raiva.

Carrie está parada, em pé, no balcão da cozinha, de frente para os armários abertos, pendurada em uma das portas. Ela dá uma espiada por cima do ombro, com uma cara de vergonha, enquanto Janie entra pisando pesado na cozinha para supervisionar a bagunça.

– Amo quando você me chama de Santo Cristo.

Janie comprime os lábios, ainda enfurecida, tentando não sorrir.

O estrago não foi tão grande quanto o barulho.

Na maioria, apenas latas vazias.

– Olha o que eu descobri – diz Carrie, puxando uma caixa de sapatos da prateleira. Ela pula até o chão. – Anotações e outras coisas. Como uma caixa cheia de lembranças.

– Pare! Isso não é tão legal – Janie dá uma espiada, nervosa, janela afora, como se o barulho das latas neste cenário silencioso fosse atrair sirenes e pneus cantando. – Temos de sair daqui de qualquer forma.

– Mas... – diz Carrie. – Cara, você tem de olhar essas coisas. É um monte de pistas sobre seu passado. A história do seu pai. Você não está curiosíssima? – ela crava os olhos em Janie. – Vamos lá, Janers! Que tipo de detetive você é, hein? Você deveria se importar com isso. Tem alguns pins e umas coisas e um anel! Mas também tem as cartas...

Os olhos de Janie relampejam, mas ela dá uma espiada na caixa de sapatos.

– Não, isso é invasão demais. Não é... – sua voz falha.

– Vamos lá, Janers – sussurra Carrie, com os olhos brilhando.

Janie inclina-se para a frente e dá uma espiada dentro da caixa, mexendo com cuidado em algumas coisas que estão dentro dela.

– Não – ela endireita-se abruptamente. – E quero que você pare de ficar bisbilhotando as coisas.

– Aff! Que saco...

– É, estamos meio que violando leis aqui.

– Achei que você tinha dito...

– Eu sei. Eu sei. Eu menti.

– Então, poderíamos ser presas? Ah, isso é simplesmente o máximo! Lembra que já aconteceu isso comigo uma vez e não estou a fim de acabar na cadeia de novo... especialmente com você! Quem pagaria a fiança para a gente sair de lá? – Carrie está pegando as latas do chão e enfiando-as de volta no armário. – Meus pais iriam simplesmente me matar. E o Stu também. Nossa, Janie!

– Me desculpa... olha, não vamos ser pegas. Ninguém nem mesmo sabe do cara. Além disso, sou filha dele. Isso poderia fazer com que a gente saísse de alguma encrenca. Não que vá haver alguma... – Janie arruma a caixa de recordações no balcão e entrega os outros itens do armário a Carrie. Ela está frustrada. Seu desejo é de nem ter trazido Carrie aqui, no final das contas. Ela só quer passar um tempo sozinha para analisar as coisas, concentrar-se e pensar em tudo.

Mas está ficando sem tempo, Janie sabe disso. Ela tem de descobrir como pode ajudar Henry antes que ele morra. E talvez haja uma pista na caixa.

Ainda assim, Janie é contra roubos. Itens físicos, de qualquer forma.

Janie suspira, resignada.

– Vamos embora, Carrie.

Elas partem.

Os dedos de Janie ficam por um tempinho na maçaneta.

18h

Ela arrasta os pés subindo pela entrada de carros na Waverly, passando pelo BMW. – Hei.

Cabel olha para cima, de seu banco improvisado com um balde virado de cabeça para baixo. Está pintando o batente da porta da frente. Enxuga o suor da testa com a manga de sua camiseta.

– Hei – ele diz. Sua voz está fria.

– Você não me ligou a tarde toda.

– Você não atende quando eu ligo, então por que deveria me dar ao trabalho de ligar?

Janie concorda com a cabeça, reconhecendo que ela é uma idiota.

– Então, como foi a reunião?

Ele só olha para ela. Aqueles olhos. A mágoa.

Ela sabe o que precisa dizer.

– Sinto muito, Cabe – e ela sente. Muito, mas muito mesmo.

Ele fica parado em pé.

– Certo, obrigado – ele diz. – Você por acaso gostaria de me contar o que está acontecendo com você ultimamente?

Janie engole em seco. Passa os dedos pelos cabelos e fica olhando para ele. Inclina a cabeça para o lado e pressiona os lábios, unindo-os, para fazer com que parem de tremer.

Ela não consegue fazer isso.

Não consegue contar a ele.

Não consegue dizer. Não consegue dizer: Estou largando você.

Então, ela mente.

– É todo esse lance com o Henry. E a situação de merda com a minha mãe. Não consigo lidar com mais nada agora. Preciso de um tempo para absorver isso tudo – sente seus olhos desviando dos dele. Imaginando. Imaginando se ele consegue sacar a real.

Ele fica quieto por um momento, estudando-a.

– Tudo bem – diz, medindo as palavras. – Entendo. Tem alguma coisa que eu possa fazer? – ele inclina-se para a frente e coloca de lado o pincel. Desce os degraus para chegar até ela. Estica a mão até o rosto dela e arruma um cacho de cabelo que estava no lugar errado.

– Só preciso de um tempo... e de um pouco de espaço. Por um tempinho. Pelo menos até que algo aconteça com o Henry. Tá? – ela ergue a cabeça. Seus olhos encontram os dele novamente. Eles ficam lá, parados, em pé, cara a cara, cada um estudando o outro.

Então, ela dá um passo na direção dele. Desliza seus braços em volta da cintura dele. A camiseta de Cabel está úmida de suor.

– Certo? – ela pergunta de novo.

Ele puxa-a para perto dele. Abraça-a.

Beija-a na testa e suspira.

19h48

Janie, no chão, reclina-se apoiada em sua cama. Pensando.

Ela simplesmente poderia ir dormir cedo.

Tentador.

Não.

20h01

Janie come seu sanduíche no ônibus. Bebe água para ele descer. Caminha pelos mais de 3 km do último ponto de ônibus até a casa de Henry. Pelo menos não está tão quente lá fora. E ainda está bem claro.

Os sons dos bosques à noite são mais altos do que durante o dia. Um mosquito passa voando furiosamente pela orelha dela. Janie dá uns tapas nas pernas e nos braços enquanto caminha. Está toda cheia de picadas de mosquitos quando chega lá, especialmente depois de descer aquela longa entrada de carros com o mato crescido.

Lá dentro está decididamente mais fresco do que jamais esteve. Uma brisa decente entra na casa e, por causa das árvores, a casinha está à sombra por horas.

– Ahh – diz Janie, quando está lá dentro da casinha, com a porta fechando-se com um clique atrás dela. Paz e silêncio. Uma casinha toda dela. Janie olha em volta do lugar e imagina como seria morar ali, sem medo dos sonhos das pessoas.

Acha que Henry sacou aquilo certinho. Ter uma lojinha na internet, desfrutar essa serenidade e ninguém lhe incomodando a não ser Cathy, a motorista da UPS... e Cathy nunca estaria dormindo.

Ela pensa no dinheiro que vem economizando já faz anos, incluindo os cinco mil da senhorita Stubin. Pensa na bolsa de estudos. Perderia a bolsa, se largasse o emprego. Caso se isolasse. Mas sua visão não vale a perda de uma bolsa de estudos?

Imagina se ainda poderia se virar sozinha, caso arrumasse um trabalhinho na internet.

Ou.

E se ela meio que... herdasse uma loja?

Sente arrepios na pele.

E se assumisse o lugar de Henry... em tudo?

Olha à sua volta, com a cabeça girando por dentro. *Que inferno!*, ela praticamente já cuidava de sua casa com sua mãe inútil... sabe como fazer isso. Pagar aluguel, fazer compras na mercearia... alguém mesmo notaria, ou se importaria, se ela simplesmente assumisse o comando deste lugar?

– Por que não? – ela sussurra.

Janie toma um bom gole de sua garrafa d'água e simplesmente fica lá sentada, na velha cadeira gasta, cercada dos sons noturnos, consumida por seus pensamentos. De repente, a opção de isolamento do caderno verde da senhorita Stubin não soa de todo ruim.

– Com certeza eu poderia me acostumar com isso – ela diz, em tom suave... felizmente... para ninguém! – Nunca mais ser sugada para os sonhos de novo.

Dá um grande sorriso porque a sensação é deliciosa.

E então ela para.

– Talvez eu ainda pudesse ver o Cabe – ela sussurra.

Ela imagina a cena, os dois jantando juntos ali, à luz de velas, ou talvez almoçando, se ele conseguisse fugir das aulas. Passarem umas poucas horas juntos... curtindo-se e ficando juntos. Só não durante a hora de dormir.

Isso soa como algo bom.

Durante cinco minutos, mais ou menos.

E então ela pensa nos anos por virem.

Não tem como, algum dia, morarem juntos.

Não haveria bebês, nem unidade familiar, nunca. Janie não poderia arriscar-se, caso pretenda manter sua visão. Ter uma criança sonhando seria algo que a arruinaria por completo. Além disso, de jeito nenhum Janie passaria essa sua maldição dos sonhos a alguém.

Ela está de boa com isso.

Mas o que isso significa para Cabe?

O futuro dele, em poucas palavras:

- morar em qualquer outro lugar
- passar umas poucas horas por dia com ela, ali na cabana
- nunca se casar
- nunca ter filhos
- nunca passar a noite com a mulher que ele ama

Ela visualiza o tempo em que eles vão passar juntos, como seria, um dia após o outro. Estagnados. Cabel chegando para as duas horinhas obrigatórias, enquanto faz malabarismos para encaixar seus horários da faculdade, de casa e do trabalho.

E ele, tendo de vê-la deteriorar-se. Tendo de passar por isso. Janie sabe que seria um inferno para Cabe.

Seria como o horário de visitas no Asilo Heather.

Eles acabariam conversando sobre palavras cruzadas e o tempo.

E ele faria isso também. Ele ficaria com ela. Mesmo que isso arruinasse a vida dele como um todo.

Esse é o tipo de cara que ele é.

Janie bate com os punhos cerrados nos braços da cadeira de descanso.

Deixa a cabeça cair para trás.

Sussurra para a sala vazia:

– Não posso fazer isso!

21h30

Ela procura em meio a todas as coisas de Henry. Seus registros e negócios. Anotações para ele mesmo, listas de compras na mercearia. Panfletos sobre enxaquecas. E, on-line, muitos websites médicos nos favoritos, juntamente com sites que apresentam formas de lidar com a dor.

Ela imagina, se ele tivesse plano de saúde e se eles tivessem percebido a existência do tumor, ou aneurisma, ou seja lá o que fosse, no início... se ainda teria o pai.

Mas ela não o teria encontrado, se fosse assim.

Pensa nele, puxando os cabelos até saírem, agarrando a cabeça com força. O olhar de agonia congelado no rosto dele. Imagina se ele ainda sente tanta dor, deitado lá, impotente, no hospital agora. Pensa no quanto ele implorou por sua ajuda. Ela conversa com as palavras holísticas na tela.

– Eu gostaria de saber como ajudar você, Henry. Eu acho... espero que você simplesmente se vá logo, para que consiga pôr um fim nisso.

Janie descola suas pernas quentes e grudentas da cadeira de plástico da cozinha e olha em volta pela pequena sala de estar. Imagina-o ali, nesta pequenina e aconchegante casa, longe do barulho, longe das pessoas.

Ela caminha em direção à cozinha, onde a caixa encontrada por Carrie ainda está em cima do balcão. Janie fica tentada a procurar algo nela. Analisar as cartas que estão ao alcance das mãos, chamando-a, na leve brisa que vem da janela aberta. Mas.

Duas coisas.

Ela não quer ler nenhuma carta nojenta de amor íntima escrita por sua mãe alcoólatra, uma lamentável desculpa para uma mãe. E.

Ela não quer sentir mais pena de Henry do que já sente.

O coração dela já sofreu demais, muito obrigada. Basta de problemas. Chega de só conhecer alguém que a entenda logo antes de partirem e morrerem.

Ela vai cuidar das coisas aqui de bom grado. Mas não vai amá-lo. É tarde demais para isso. Ele já se foi há muito tempo. E ela tem bastante dor no coração bem ali.

Janie respira fundo. Balança a cabeça. Empurra a caixa de volta para dentro do armário onde Carrie a encontrou.

Arruma a casa para que fique parecendo como estava da primeira vez que a viu. Desliga o computador e o abajur, e fica lá, parada, em pé, no escuro, ouvindo o silêncio. Desejando-o... desejando esse tipo de paz em sua vida. E sabendo agora que pode ter isso, uma vez que Henry tenha morrido. Este lugar onde ela pode baixar sua guarda. E viver. Onde não terá de se preocupar em captar o sonho de ninguém.

Algo lá no fundo dela anseia por isso, mais do que os anseios que tem por qualquer outra coisa. Até mesmo Cabe.

Talvez seja uma técnica de sobrevivência.

Ou talvez, como tinha sido o tempo todo até que conheceu Cabe, ela seja mesmo uma solitária. Sempre será uma solitária.

Certamente, parece que é isso.

E então ela senta novamente na velha cadeira, no escuro, neste santuário. Imaginando o que sua vida lhe guarda. Imaginando como cuidará de sua mãe, e por que tem de fazer isso... pode ser que Dorothea precise se virar sozinha de agora em diante. Talvez Janie só estivesse tornando-a capaz esse tempo todo.

Vivendo em paz assim. Mantendo sua visão. Ela olha para baixo, para seus dedos. Eles lançam longas sombras à luz das estrelas que surge da janela aberta. Janie mexe os dedos de um lado para o outro e suas sombras destacam-se em seu colo.

Sorri.

E, embora a Capitã fique decepcionada e tenha de retirar a bolsa de estudos, ela sabe que nunca culparia Janie por desejar levar uma vida normal. Janie sabe lá no fundo que vai ficar tudo bem.

Ela sentirá falta de ver a Capitã e os rapazes. Com certeza.

– Bem – diz ela suavemente para suas mãos, flexionando os dedos e juntando-os em seu colo. – Está decidido. Isolamento. Minha escolha.

Ah, Deus, a sensação de dizer isso em voz alta é tão boa.

Mesmo sendo tudo muito assustador.

Há apenas uma ponta solta que Janie tem de amarrar antes de largar completamente esse lance de apanhar sonhos. Um último quebra-cabeça a ser resolvido.

Parece adequado terminar assim.

Embora isso esteja fadado a ser o pior de sua vida toda.

Janie inspira fundo e expira, fazendo seus lábios vibrarem. Está apavorada. Mais apavorada agora em voltar ao hospital do que de ir à festa do Durbin. Mais apavorada do que quando aquele garoto estranho chamado Cabel dormiu pela primeira vez na biblioteca da escola e sonhou com um homem monstro que tinha facas no lugar dos dedos.

Mas.

Mas.

Esta também é a última chance de Janie ver e dizer adeus, de uma vez por todas, à senhorita Stubin.

Como dizem: fechar a porta. É tremendamente doloroso pensar nisso.

Mas Janie vai passar por essa, descobrir como ajudar Henry e vai fazer tudo de uma tacada só, mesmo que isso a mate.

Hum...

Bem, tem esperanças de que isso não "a mate". Isso arruinaria tudo. É.

HENRY

Ainda na segunda-feira. 22h44

É um longo e escuro caminho até o ponto de ônibus. Um raio ilumina o céu. O trovão retumba, mas não tão alto, e a umidade está forte. Porém, não chove.

Chega de mosquitos.

Janie come um sanduíche e uma barrinha de proteína. Armazenando energia, preparando-se para uma grande noite. Imaginando, até mesmo, se Henry ainda está vivo.

23h28

Os corredores estão silenciosos como sempre, e as portas, fechadas. Janie acena com a mão para o enfermeiro Miguel e chega perto da recepção.

– Algo de novo?

Miguel balança a cabeça em sinal de negativa.

– O médico acha que não vai demorar muito agora – ele diz.

Janie concorda com a cabeça.

– Provavelmente vou passar a noite... apenas sentada lá com ele. Tudo bem?

– Claro que sim, querida – ele diz. Busca algo atrás do balcão. – Tem um cobertor aqui caso você sinta frio. Provavelmente sabe que a cadeira é reclinável, né?

Janie não sabe, mas faz que "sim" com a cabeça de qualquer forma, pegando o cobertor.

– Obrigada.

Ela continua a seguir pelo corredor até o quarto de Henry. Fica lá parada por um momento, respirando fundo algumas vezes.

– É isso – diz ela suavemente, e então abre a porta. Fecha-a rapidamente atrás de si enquanto entra.

É diferente desta vez.

Desta vez, Janie é lançada diretamente para dentro do pesadelo. Está em um local familiar, como antes, com Henry gritando "Ajude-me! Ajude-me! Ajude-me!", repetidas vezes. Ele vira-se na direção de Janie, quando ela se aproxima, e continua a gritar para ela. Uma estoica senhorita Stubin está parada, em pé, perto de Henry, e espera pacientemente pelo fim. Até mesmo em seu estado divino, se for esse o caso, ela parece cansada.

Janie não perde tempo.

– Henry! – ela grita. – Eu quero ajudar você! Estou aqui para ajudar você. Pode me mostrar como?

Não tem como fazer com que ele pare.

Janie volta-se para a senhorita Stubin.

– Por que você não vai embora?

– Não posso. Não até que ele esteja pronto para vir comigo.

Janie resmunga, percebendo agora que não é somente responsável pela paz de seu pai histérico e quase morto, mas também pela felicidade de sua amada senhorita Stubin. Ela cobre os ouvidos com as mãos. Frustrada, ficando enlouquecida por causa da gritaria. É enervante, mesmo. E doloroso. O corpo todo de Janie começa a doer.

Henry fica em pé e caminha até Janie, e ela dá um passo para trás, ficando tensa, preocupada com a possibilidade de ele agarrá-la, estrangulá-la; mas ele não faz nada disso.

– Ajude-me! Ajude-me! – ele grita no ouvido dela, fazendo com que seus ossos trepidem com a intensidade do som alto. Ela se mexe, e ele a segue. Com a voz implorativa, ele fica de joelhos e pega a mão de Janie, puxando-a, gritando. Implorando por ajuda.

A voz dele fica mais irritante, descontrolada.

Janie não sabe o que fazer. Grita de volta com ele:

– Me diz o que fazer!

Os gritos de Henry ficam mais altos ainda.

A senhorita Stubin espera e observa, com os olhos cheios de pena.

– Não acho que ele consiga – ela diz, mas Janie não consegue ouvi-la.

Janie sabe que não consegue aguentar por muito mais tempo. Não consegue se mexer. Seu corpo físico não mais atende a seus comandos, e seu corpo no sonho grita devido à dor. Não há nada que ela possa fazer por Henry... nada.

Nada em que consiga pensar.

Vira-se para a senhorita Stubin.

– Pode tentar? Como da última vez?

A senhorita Stubin concorda com um aceno de cabeça. Aproxima-se de Henry. Quando ela caminha, parece que está deslizando sem esforço pelo chão.

– Henry – diz ela, colocando sua mão no ombro dele.

Os gritos dele começam a parar.

A senhorita Stubin se concentra. Conversa com ele, mentalmente. Acalma-o.

A voz irregular de Henry cessa de vez.

A senhorita Stubin leva-o de volta a sua cadeira e faz um gesto para que Janie se aproxime.

– Ali – diz a senhorita Stubin, sorrindo. – É realmente bem mais fácil desse jeito, Henry.

Henry ergue vários tufos arrancados de seus cabelos. Mostra-os a Janie.

Janie faz um aceno com a cabeça.

– Sua cabeça dói, não é?

– Sim – ele diz, encolhendo-se de medo, como se conversar calmamente fosse difícil para ele. – Sim, dói.

– Não sei o que fazer – diz Janie. – Você sabe como posso ajudá-lo?

Henry olha para Janie. Balança a cabeça em sinal de negativa.

– Eu só quero morrer – ele diz. – Por favor. Você pode me ajudar a morrer?

– Não sei. Eu... vou tentar. Não posso fazer nada ilegal. Você me entende?

Ele faz que sim com a cabeça.

– Onde estamos? – pergunta Janie. – Este é o seu sonho? Este ginásio escuro? É isso?

Henry levanta-se.

– Por aqui.

Ele faz um sinal para que as duas o sigam. Ele empurra e abre as portas duplas que levam para fora do ginásio. Caminham até um corredor. Há portas em ambos os lados.

Entram na primeira sala.

É uma sinagoga.

Um garoto tem convulsões em seu banco. Seu pai, ao lado dele, o repreende.

– É você o garoto, não é? – pergunta Janie.

– Sim.

– Uma lembrança?

– Meio que sim. Este é meu sonho... minha vida, repetidamente.

Eles vão até a próxima sala de aula. As pessoas estão em fila do lado de fora. Henry, a senhorita Stubin e Janie se espremem, deixando a fila de pessoas para trás, e entram na sala. É uma pizzaria. Eles caminham por entre as mesas, cheias de pessoas comendo e rindo, e entram na cozinha, no compartimento do freezer. Lá, Henry está encostado em um canto com uma garota. Beijando-a.

Janie olha fixo para a cena.

– Quem é ela?

Henry olha para Janie.

– Aquela é a Dottie.

– Você quer dizer Dorothea? Dorothea Hannagan? – Janie não consegue esquecer aquilo, mesmo sabendo que havia, provavelmente, beijos na relação dos dois, em algum momento.

– Sim – ele suspira. – O único amor verdadeiro da minha vida.

Janie quer vomitar.

A senhorita Stubin interrompe.

– Diga para nós o que aconteceu, Henry. Entre você e a mãe de Janie. Pode nos contar?

Ele parece cansado. E está frio lá.

– Não tem muito o que falar.

– Por favor, Henry – diz Janie. Ela quer ouvi-lo dizer aquilo. Deseja ter uma validação de que está fazendo a coisa certa.

– Trabalhamos juntos em Chicago em um verão... Ela estava no segundo grau, eu estava na faculdade, na UM. No outono, eu voltei para Michigan. Ela largou a escola e foi comigo. Moramos juntos. Era terrível. Os sonhos. Eu tive de escolher... ficar com ela, ser infeliz, ou ser capaz de funcionar, sozinho – ele começa a puxar seus cabelos de novo. – Ah, que inferno! – ele diz. – Está voltando.

– Então, você simplesmente a deixou sozinha? Você sabia que ela estava grávida?

– Eu não sabia – a voz dele fica mais alta, como se estivesse tentando falar acima dos ruídos em sua cabeça. – Janie, eu não sabia. Sinto muito. Enviei dinheiro a ela. Ela não aceitava. Sinto tanto, muito mesmo.

Ele fica de cócoras, com as mãos segurando a cabeça.

– Está feliz por ter feito isso? Feliz por ter se isolado? – Janie agacha-se perto dele, ansiosa para obter respostas agora.

– Ajude-me – ele grita, em tom agudo. – Ajude-me! – ele agarra a camiseta dela. – Por favor, Janie, por favor, por favor, me ajuda! Me mata! Por favor!

Janie não sabe o que fazer. A senhorita Stubin tenta desesperadamente acalmá-lo, mas nada funciona.

– Está feliz? – grita Janie. – Está? Foi a melhor escolha?

– Não há nenhuma melhor. É Morton's Fork... – ele cai no chão com um grito. – Ajude-me! AH, MEU DEUS. AJUDE-ME!

Janie olha horrorizada para a senhorita Stubin e vê as rachaduras na cena. Pedaços do sonho começam a cair, ruindo. Ela consegue ouvir a estática ao longe.

– Merda – diz ela. – Não posso ficar nisso aqui.

– Vai! – diz a senhorita Stubin.

Elas dão as mãos por um momento. Olham nos olhos uma da outra, com Janie tentando desesperadamente comunicar que ela não vai voltar.

Incerta se consegue passar sua mensagem.

Mas chegou a hora de ir, antes que fique presa aqui de novo.

Janie concentra-se e, com toda sua força, lança-se através da barreira do sonho.

Enquanto Janie está deitada no chão, tremendo, tentando se mexer, tentando sentir sua pele, tudo em que consegue pensar é no olhar no rosto da senhorita Stubin e o total e perdido desespero de Henry, sobrepujado por seus próprios demônios.

Ah.

Senhorita Stubin.

Que jeito horrível de dizer adeus para sempre.

Lentamente, exausta, Janie arrasta-se até a cadeira ao lado da cama de Henry. Suas juntas, até mesmo seus dentes, doem, e ela só imagina o que acontece com seu corpo quando está em um pesadelo como esse.

Mas agora isso não importa.
Está farta disso.

Janie envolve-se na coberta para ajudar a fazer com que seu corpo pare com a tremedeira incontrolável. Mal consegue suportar olhar para o rosto contorcido do pobre Henry. Por algum tempo depois da última vez em que esteve lá, Henry ficou em posição fetal, com as mãos cerradas sobre sua cabeça, como se fosse para proteger a si mesmo dos terríveis monstros invisíveis que fizeram dele um cativo. Janie estende as mãos na direção dele. Encosta na mão dele. Segura-a.

Ela implora a ele.

– Por favor, por favor, apenas morra – ela sussurra isso repetidas vezes, implorando para que Henry parta, implorando para que seus captores o deixem ir. – Eu não sei como ajudá-lo – ela enterra o rosto em suas mãos. – Por favor, por favor, por favor... – as palavras pincelam o ar em padrões rítmicos como ramos de salgueiro tentando calar as ondas às margens do lago Fremont.

Mas Henry não morre.

Passa-se meia hora no relógio. Parece irreal no quarto escuro e silencioso, como se estivessem em um mundo separado de todo o resto. Janie come o último sanduíche de sua mochila, tentando recuperar parte de sua força e, em seguida, começa a conversar com seu pai para ajudar o tempo passar.

Ela conta a Henry coisas sobre Dorothea, escolhendo suas palavras com cuidado para não dizer nada negativo demais... ela sabe que Henry não precisa ouvir coisas negativas no estado em que está. Janie fala sobre ela mesma também. Conta a ele coisas que nunca contou a ninguém, como, por exemplo, o quão solitária anda.

Ela diz a ele que não está morrendo de raiva por ele não saber dela. E fala sobre sua vida secreta de apanhadora de sonhos, que ela é exatamente como ele. Que ela entende. Que ele não é louco... e que não está sozinho. Tudo sai apressado... fala sobre apanhar sonhos, a senhorita Stubin e seu plano de simplesmente parar com todos os sonhos e levar uma bela vida tranquila como a dele, Henry.

– Vou fazer isso também, Henry – ela diz. – Vou me isolar como você. Provavelmente, você nem mesmo sabia da verdadeira escolha, sabia? Sobre a cegueira e a perda das mãos.

E, então, Janie diz a Henry que entende porque ele fez o que fez com Dottie, mesmo amando-a tanto. Ela entende a escolha horrível. Fala com ele sobre Cabe. O quanto ela o ama. O quão bom ele é, o quão paciente. O quão dilacerada ela está em relação ao significado desse plano de isolamento.

O quão apavorada está de contar para ele.

De dizer adeus.

É incrível ter alguém que é simplesmente igualzinho a ela.

Alguém que entenda.

Mesmo que não consiga responder.

De repente, Janie sente que desperdiçou tanto tempo nesses últimos dias, quando poderia ter ficado ali com Henry.

Ela diz a ele o quão difícil tem sido descobrir tudo isso nos últimos dias, e chora um pouco.

Fica falando noite adentro.

Fala até ter esvaziado sua alma.

O rosto de Henry não apresenta mudanças. Ele não se mexe de jeito algum.

Quando Janie fica cansada demais para pensar ou dizer mais uma palavra, ela dorme, toda enrolada na cadeira.

Tudo está em silêncio.

4h51

Ela sonha.

Janie está em seu quarto, sentada na cama, desorientada. Sente sua língua seca, rachada, e umedece os lábios. Sua língua deixa uma camada fina nos lábios... parece arenoso. Janie estica a mão para limpar isso, com seus lábios abertos. Seus dentes caem de repente e pequeninos pedaços se partem em sua boca. Caindo aos pedaços. Os restos deles, pontudos e afiados, cortam sua língua e seus lábios.

Horrorizada, Janie cospe nas mãos. Partes e pedaços dos dentes que caíram saem de sua boca. Janie continua cuspindo, e cada vez mais fragmentos formam uma pilha em suas mãos. Ensandecida, Janie olha para cima, incerta quanto ao que fazer. Quando mexe os olhos, tudo está borrado. Com uma camada embaçada. Como se estivesse tentando ver em um espelho cheio de vapor ou através de uma cascata. Ela joga os dentes na cama, deixando-os lá, esquecidos, e limpa os olhos, tentando enxergar. Mas está cega.

– Estou me isolando – ela grita. – Não é para eu ficar cega! Não! Não estou pronta!

Ela arranha os olhos e então percebe que tem fendas verticais – buracos no rosto – ao lado de cada olho. Algo salta de cada uma das fendas.

Janie pega o que quer que seja aquilo e puxa.

Lascas de sabão saem das fendas.

Os olhos de Janie coçam e ardem demais. Ela bate com força neles e puxa mais pedaços de sabão para fora, mas os pedaços parecem dar cria. Conforme ela tira as lascas de sabão para fora, passa sua língua sobre os restos de dentes com as pontas cerradas, sentindo o gosto de sangue.

– Não! – ela grita.

Por fim, ela tira os últimos resquícios de sabão e consegue enxergar de novo. Olha para cima, aliviada.

E lá.

Sentado na cadeira dele. Observando Janie com uma expressão de calma no rosto.

Henry.

Janie olha fixamente para ele.

E ela percebe, depois de um minuto, o que ela deveria fazer.

– Ajude-me, ajude-me, Henry.

Henry parece surpreso. Obedientemente, ele fica em pé e aproxima-se de Janie.

Janie mostra a ele o punhado de dentes.

– Você pode me ajudar a mudar isso, você sabe que pode. Tudo bem se eu colocá-los de volta?

Os olhos de Henry falam. Estão cheios de encorajamento. Ele concorda com um aceno de cabeça.

Janie solta um sorriso frágil. Acena com a cabeça também. Empurra os dentes de volta ao lugar, como se fossem peças de Lego. Quando ela termina, dá um tapinha na cama e sorri.

Henry senta-se.

– Você é simplesmente como eu – ele diz.

– Sim.

– Ouvi você... todas as coisas que me contou. Sinto muito.

– Fico contente. Contente por você ter ouvido, quero dizer. Você não tem que sentir muito. Você não sabia – ela olha fixamente para a cadeira vazia de Henry.

Ele volta-se na direção dela.

– Eu acho... eu acho que teria gostado de conhecer você.

Janie engasga-se segurando um soluço.

Ele pega na mão dela.

– Sinto falta dela. Dottie. Ela é boa com você? Uma boa mãe?

Ela crava o olhar em sua mão por um minuto. Incerta quanto ao que dizer sobre isso. Por fim, encolhe os ombros. Diz:

– Acabei me saindo bem.

Olha para cima, para o rosto de Henry.

Dá um sorriso torto em meio às lágrimas.

6h10

A porta do quarto de Henry na UTI se abre.

É a enfermeira do primeiro turno, checando os sinais vitais. Janie acorda assustada, senta-se direito e esfrega os olhos.

– Não se incomode comigo – diz a enfermeira, verificando o pulso de Henry. – Parece que você precisa dormir.

Janie sorri e se espreguiça. Dá uma espiada em Henry, lembrando-se. Foi estranho ter alguém em seu sonho pela primeira vez.

Então ela inspira, surpresa, e dá um pulo, ficando de pé para olhar melhor.

– Ele está... – ela diz, enquanto a enfermeira se vira para sair. – Ele parece diferente. O rosto dele.

A enfermeira dá uma espiada em Henry e checa a prancheta.

– Parece? – ela sorri, distraída. – Melhor, eu espero.

Mas Janie está com o olhar cravado em Henry.

A postura dele ficou relaxada, seu rosto não está mais tenso, seus punhos não estão cerrados e estão descansando suavemente perto de seu rosto. Ele parece estar em paz. A agonia se foi.

A enfermeira encolhe os ombros e sai dali. Janie continua a olhar fixamente para ele, emocionada ao vê-lo com uma aparência melhor, esperando que ele não mais esteja vivenciando os horríveis pesadelos. Imagina, por um breve momento, se há uma chance de ele sair dessa.

Sabe que há uma chance maior de que ele vá, por fim, morrer.

6h21

Janie, com um plano em mente, vai até o banheiro particular do quarto de Henry e fecha a porta. Sabe que não tem muita força, mas fechar a porta é bico se ela ficar presa.

Abre a porta e é sugada. Lenta e gentilmente. Sem estática, sem paredes brilhantes batendo nela.

É apenas um ginásio escuro, apenas um feixe de luz passando pela janela alta.

As salas no corredor estão vazias agora.

A senhorita Stubin, Henry... ambos se foram.

Tudo que permanece lá é a cadeira de Henry.

E na cadeira, há um bilhete.

Minha cara Janie,

Muito foi exigido de você. Ainda assim, permanece mais forte do que imagina.

Até um próximo encontro,

Martha

P.S.: Henry deseja que você considere Morton's Fork.

6h28

Janie fecha a porta para seu último sonho.

Quando consegue, escapa do sonho novamente e encara uma longa e difícil caminhada pelos corredores até o lado de fora, até o ponto de ônibus. Pega o ônibus até sua casa e se joga na cama.

TERÇA-FEIRA

8 de agosto de 2006, 11h13

Janie acorda suando feito uma maratonista. Sua bochecha está grudada em sua fronha. Seus cabelos estão molhados de suor. Está pelo menos uns 300 graus dentro da casa.

E ela está morrendo de fome.

MORRENDO DE FOME.

Vai cambaleando até a cozinha e fica parada, em pé, em frente à geladeira, comendo qualquer coisa que encontra ali. Pressiona a jarra de leite fresco no rosto para refrescá-lo antes de tomar um longo gole dele. E então pega um cubo de gelo e passa-o por todo seu pescoço e por seus braços.

– Santo Deus! – ela murmura, pegando um recipiente com sobras de espaguete e almôndegas. – Preciso de ar!

Quinze minutos depois, ela está no chuveiro, com a temperatura da água regulada para fria. Está quase frio demais, mas Janie sabe que, no minuto em que sair de lá, começará a suar de novo, então coloca o ajuste em congelante.

Quando fecha a água e sai do chuveiro, ouve a voz de sua mãe falando ao telefone. Janie fica parada e escuta por um minuto, e então se envolve em uma toalha, prendendo-a na altura do peito, e abre a porta do banheiro com o cabelo pingando por todo o chão.

Dorothea, de camisola, desliga o telefone. Vira-se para olhar para Janie, com a exaustão estampada no rosto e o ar de uma pessoa idosa. Pálida como a lua.

– Ele está morto – Dorothea fala apenas isso e encolhe os ombros. – Já era hora!

Sai arrastando os pés até seu quarto, mas não antes que Janie tivesse visto o lábio de Dorothea tremer.

Janie fica parada, em pé, no corredor, pingando e sentindo-se meio amortecida.

– Ele está morto – ela repete, como se fosse um eco de sua mãe. Como se o som de sua voz tornasse isso real. Janie reclina-se, apoiada na parede do corredor e desliza até embaixo, até sentar-se no chão. Ela bate sua cabeça na parede; primeiro, de leve, depois, com força. – Meu pai está morto.

Ainda amortecida.

Acabou.

Depois de uns poucos minutos, Janie fica em pé, parada, depois caminha até o quarto de sua mãe, não se dando ao trabalho de bater na porta. Dorothea está sentada chorando na cama.

– Então. O que precisamos fazer? – pergunta Janie. – Tipo, com os lances de funeral.

– Eu não sei – diz Dorothea. – Falei para eles que não quero me envolver em nada disso. Eles que se virem.

– O quê? – Janie sente vontade de gritar. Esboça uns movimentos de ligar ela mesma para o hospital, mas então ela para. Volta-se de novo para sua mãe. Diz com uma voz calma demais: – Liga de volta para eles e fala que o Henry é judeu. Ele precisa ir para uma funerária judia – Janie dá uma olhada no guarda-roupa escasso de Dorothea. – Você tem pelo menos um vestido decente, mãe? Tem?

– Para que eu preciso de um vestido?

– Para o funeral – diz Janie com firmeza.

– Não vou a isso, não – diz Dorothea.

– Ah, você vai sim – Janie está irritada. – Você definitivamente vai ao funeral do meu pai. Ele amou você durante todos esses anos. Pode não ter entendido porque ele foi embora, mas eu entendo, e ele ainda ama você! – Janie engasga com seu erro. – Ele amava você – corrige-se. – Agora, liga para o hospital antes que façam alguma outra coisa com ele. E depois liga para a funerária... o hospital deve ter alguma para recomendar.

Dorothea parece confusa, perplexa.

– Não sei os números deles.

Janie olha para ela com frieza.

– O que foi, você tem 80 anos agora? Procura! – ela sai com tudo de dentro do quarto e bate a porta. – Meu Deus! – ela murmura, frustrada, enquanto vai até o fim do corredor batendo os pés e entra em seu quarto.

Ainda enrolada na toalha, Janie escolhe algumas roupas do armário, joga-as na cama e depois passa um pente de dentes largos pelo cabelo molhado e embaraçado.

Ouve a porta do quarto de sua mãe se abrir. Uns poucos minutos depois, Janie ouve Dorothea gaguejando ao telefone. Janie se joga de novo na cama, suando novamente com o calor.

Maldição!

– Henry – diz Janie.

Ela chora por todas as coisas que poderiam ter acontecido.

12h40

Janie tira sua mala do armário.

Sobe até o sótão para procurar caixas.

Vai ter de mudar suas coisas de lugar devagar, já que tem de pegar o ônibus e caminhar.

Imagina, por um breve momento, se as chaves da caminhonete de Henry estão penduradas em algum lugar óbvio na casinha dele. E então desiste desse plano. Poderia parecer que ela estava realmente roubando alguma coisa se fosse pega. Também não faz sentido se arriscar a morrer logo antes de recomeçar sua vida como um todo.

Ela enche sua mochila de roupas e pega a mala.

Dirige-se até a porta.

13h29

Janie coloca suas coisas no chão no meio da cabana e senta à escrivaninha de Henry, para fazer uma lista de coisas a fazer:

- Primeiro, resolver as coisas do funeral
- Achar o contrato de aluguel e o endereço do senhorio para envio dos pagamentos
- Descobrir se os serviços de água e luz estão inclusos ou se devo pagar separadamente
- Limpar a casa
- Estudar o histórico da loja on-line para descobrir o que vende
- Regar o jardim!! E congelar vegetais
- Mudar para internet a cabo se não for tão cara

- Falar à Capitã sobre o plano
- Falar com Cabe

Ela para de escrever e fica olhando fixamente para estas três últimas palavras.

Joga a caneta na parede. Bate com os punhos cerrados na mesa. Empurra a cadeira para trás com tanta força, que esta se vira e cai no chão. Fica parada, no meio da sala, e grita para o teto.

– Minha vida é uma tremenda merda, a pior de todas as vidas do mundo! Como você pode me forçar a escolher? Como pode fazer isso comigo? Tá me ouvindo? Alguém aí?

Ela cai de joelhos, cobre a cabeça com os braços e curva-se, formando uma bola com o corpo.

Seus soluços e seu choro atravessam a casa, mas não há ninguém lá para ouvi-la.

Não há nenhum conforto aqui.

15h57

Janie olha fixamente para fora da janela, com a bochecha encostada no vidro, olhando enquanto Fieldridge se aproxima.

Enquanto caminha do ponto de ônibus até a casa de sua mãe, Janie liga para ele.

– Hei – ele atende.

E, de repente, Janie não consegue falar. Um som estranho surge de sua garganta no lugar da fala.

– Janie, você está bem? – a voz de Cabel assume, de imediato, um tom de preocupação. – Onde você está? Precisa de ajuda?

Janie inspira, tentando estabilizar sua voz tremida.

– Estou bem. Estou em casa. Eu estou... meu... Henry morreu.

Fica um silêncio na linha por um momento.

– Estarei aí logo... Tudo bem?

Janie acena com a cabeça em sinal afirmativo ao telefone.

– Sim, por favor.

E então Janie liga para Carrie. Cai na caixa postal dela.

– Hei, Carrie, acabei de pensar e achei que deveria te contar que o Henry morreu. Eu vou... falo com você depois.

16h43

Cabel bate na porta. Ele está carregando umas plantas em um vaso e uma caixa do mercadinho.

– Hei – ele diz. – Não tive tempo para preparar para você, tipo, algumas coisas no forno ou algo assim. Mas parei na loja e comprei isso. Sinto muito, Janers.

Janie sorri e seus olhos enchem-se de água. Ela pega a caixa e a planta, coloca a planta perto da janela.

– É realmente bonita – ela diz. – Obrigada – ela abre a caixa. – Ah, uau, donuts – ela ri e vai na direção dele. Abraça-o apertado. – Você é demais, Cabe.

Cabel encolhe os ombros, um pouco envergonhado.

– Imaginei que donuts eram uma comida reconfortante. Mas vou preparar para vocês, moças, alguma coisa para o jantar também, para que não tenham de se preocupar com isso.

Janie balança a cabeça, perplexa.

– Para quê?

– É o que se faz quando alguém morre. A gente leva cozidos ou algo do KFC e coisas do tipo. Charlie arranjou todo tipo de comida quando nosso pai morreu no xadrez e ninguém nem gostava dele. Eu estava no hospital, mas o Charlie entregou algumas... ah, meu Deus, estou divagando – Cabel arrasta os pés. – Vou calar a minha boca agora.

Janie abraça-o apertado de novo.

– Isso é realmente esquisito.

– É – diz ele, fazendo carinho no cabelo dela e beijando-a na testa. – Sinto muito mesmo pelo Henry.

– Obrigada. Quero dizer, todos sabíamos que ele ia morrer. Ele é realmente apenas um estranho – mente Janie.

– Ainda assim – diz Cabel. – Seja lá como for, ele é seu pai. Isso deve dar uma sensação ruim, não importa.

Ela encolhe os ombros.

– Não posso... – ela diz.

Ela não quer pensar nisso. Tem outras coisas imediatas em que pensar neste momento.

Como, por exemplo, em como fazer com que sua mãe bêbada e vestida de camisola vá até o funeral.

17h59

Em vez de esquentar a casa ainda mais cozinhando, Cabel pede que entreguem o jantar. Parece que o cheiro do frango frito e dos biscoitos penetra no "portal para a tristeza", visto que Dorothea surge de lá e, em silêncio, serve-se da comida antes de ir à reclusão novamente.

O diretor da casa funerária telefona. Janie anota as coisas em estado frenético, e depois discute as opções de arranjos com ele. Fica aliviada ao ouvir que os judeus fazem seus funerais o mais rápido possível. Isso está ótimo para ela. E sem parentes com quem entrar em contato, eles arrumam o serviço para a manhã seguinte, às onze.

Depois que ela desliga, Janie remexe os grandes cestos de roupas e pega algumas roupas sujas para levar à lavanderia. Empurra a cesta de roupa suja para Cabel e então se lembra de que prometeu que deixaria um bilhete a Cathy. Rabisca alguma coisa em um pedaço de papel e o entrega a Cabe, junto com um rolo de fita adesiva. – Você pode ir até a casa do Henry e grudar isto na porta da frente?

– Sem problemas – ele diz.

Ele dirige-se até a porta enquanto Janie passa um vestido a ferro e tira a poeira de um par de sapatos antigos e raramente usados.

– Não é justo – murmura ela. – Não é nada justo.

20h10

Cabe aparece na porta da frente com a roupa lavada – limpa, totalmente limpa e quase meio que dobrada.

– O recado está na porta e a roupa está pronta.

Janie solta um grande sorriso e pega a cesta.

– Obrigada. Você é maravilhoso.

Cabel abre um sorriso.

– Lavar roupa não é meu ponto forte, mas eu dou para o gasto. Posso ficar com as calcinhas? – ele sorri e sai da casa.

– Ah... você vai ter de pedir para minha mãe – Janie dá risada.

Cabe se encolhe de medo.

– Ai! Merda e eca! Hei, vou deixar você fazer as coisas... e dar o seu espaço. Me liga se precisar de mim. Pego vocês amanhã para o funeral, se quiserem.

– Obrigada – diz ela. – Sim, isso seria ótimo.

Janie o observa indo embora.

QUARTA-FEIRA

9 de agosto de 2006, 8h46

Cabel bate à porta.

– Desculpa incomodar você – ele diz. – Estou tentando não fazer isso. Sei que você precisa de espaço. Mas tenho aqui umas coisinhas para o seu café da manhã, para você não ter de se preocupar com isso.

Janie morde seu lábio inferior. Pega a bandeja.

– Obrigada.

– Volto depois.

Ele sai correndo pelos quintais até sua casa.

Janie bate com força à porta do quarto da sua mãe.

– O que foi agora?

– Mãe? Trouxe café da manhã para você – ela diz através da porta fechada. – Cabel que fez. Ele vai voltar aqui às dez e meia para pegar a gente e levar ao funeral, então você precisa estar pronta.

Silêncio.

– Mãe.

– Deixa aí na minha penteadeira.

Janie entra. Dorothea Hannagan está sentada na beira de sua cama, balançando-se para a frente e para trás.

– Você está bem?

– Coloca isso aí e sai daqui.

Janie dá uma olhada no relógio, coloca o prato na penteadeira e sai do quarto, com uma sensação afundando-se em sua garganta.

Ela entra no chuveiro e deixa a água fresca cair por todo seu corpo. Não está tão quente assim lá fora hoje. Será um alívio, no funeral, ficar em pé lá no local do enterro, no sol.

Janie só foi a outro funeral em sua vida, o de sua avó, em Chicago, há muito tempo. Foi realizado em uma igreja e havia muitos estranhos de cabelos azulados lá. Eles comeram bolinhos de presunto e bolachinhas açucaradas e beberam suco de laranja depois do enterro, ela lembra. E Janie ficou correndo pelo porão da igreja com um bando de primos distantes, até que os mais velhos fizessem com que eles parassem. Isso é praticamente tudo o que Janie se lembra.

Janie escolheu um serviço funerário para o enterro de Henry a céu aberto. É mais difícil para as pessoas dormirem quando estão paradas, em pé, ao ar livre.

Mesmo os bêbados.

9h39

Lembra-se agora por que não gosta de vestidos.

9h50

Janie bate, hesitante, à porta de sua mãe.

Sem resposta.

– Mãe?

A apenas quarenta minutos de Cabel ir pegá-las, Janie está ficando nervosa.

– Mãe – ela diz, mais alto desta vez. Por que tudo tem de ser tão difícil?

Por fim, Janie abre a porta. Dorothea está sentada na cama, com um copo de vodca na mão. Seu cabelo ainda está ensebado. Ela ainda está de camisola.

– Mãe!

– Eu não vou – diz Dorothea. – Não posso ir – ela se curva, envolve o estômago com os braços como se doesse, ainda segurando o copo. – Estou doente.

– Você não está doente, está bêbada. Levanta a sua bunda daí e vai tomar banho agora.

– Não posso ir.

– Mãe! – Janie está perdendo a paciência. – Meu Deus! Por que você tem que fazer isso? Por que você tem que fazer tudo do jeito tão difícil, merda? Vou abrir o chuveiro e você vai entrar nele.

Janie vai batendo o pé até o banheiro e abre o chuveiro. Volta batendo os pés até o quarto de sua mãe e pega a bebida da mão de Dorothea. Coloca com força na penteadeira e o líquido se espalha em sua mão. Puxa a mãe pelo braço.

– VENHA! Eles não vão esperar para começar o funeral por sua causa.

– Não posso ir! – diz Dorothea, tentando soar firme. Mas seu corpo frágil não é páreo para a força de Janie.

Janie puxa sua mãe até o banheiro e empurra-a para debaixo do chuveiro, ainda de camisola. Dorothea grita. Janie estica a mão, pega o xampu e lava o cabelo da mãe. Está tão ensebado que o xampu não faz nem espuma. Janie pega mais e tenta de novo.

Dorothea arranha Janie, que agora também está com o vestido ensopado. Janie segura a cabeça de sua mãe, colocando-a para trás, para que a água escorra por todo o corpo dela, enxaguando o xampu.

– Você destrói tudo – diz Janie. – Não vou deixar você destruir isso também. Agora – Janie continua enquanto fecha a água e pega uma toalha –, tira essa camisola ridícula e se enxuga. NÃO consigo acreditar que isso esteja acontecendo. Estou farta disso.

Janie vira-se abruptamente e cai fora dali, ensopada, indo até seu quarto para achar alguma outra coisa adequada para vestir.

Tudo o que Janie consegue ouvir é um arrastar de pés no banheiro. Passa uma escova pelos cabelos e arruma sua maquiagem encharcada. E, em seguida, vai até o quarto de Dorothea, pega o vestido e as roupas debaixo dela e leva-os até o banheiro. Sua mãe ainda está se enxugando.

Janie olha para a mãe, um rato encharcado, tão magra que seus ossos saltam de sua pele. O rosto dela está cansado, deprimido.

– Vamos, mãe – diz Janie, com suavidade na voz. – Vamos, vem se vestir.

Desta vez Dorothea vai sem fazer alarde e, à luz cinzenta do quarto de Dorothea, Janie ajuda a mãe a aprontar-se. Escova os cabelos dela, prendendo-os atrás em um coque. Acende a luz e passa maquiagem na mãe.

– Você tem belas maçãs do rosto – diz Janie. – Deveria usar seu cabelo preso com mais frequência.

Dorothea não responde, mas seu queixo se comprime, formando uma fenda. Ela umedece os lábios.

– Vou precisar do resto daquele copo – diz ela baixinho. – Se eu tiver mesmo que passar por isso.

Janie olha nos olhos de sua mãe, e Dorothea desvia o olhar para o chão.

– Não me orgulho disso, mas é a verdade. Os lábios de Dorothea tremem.

Janie concorda com a cabeça.

– Tudo bem – ela vira-se quando ouve o carro de Cabel entrando na garagem a porta se abrindo. – Já estaremos logo aí! – grita ela.

– Demorem o quanto precisarem, meninas. Estou uns minutos adiantado – diz Cabe.

Dorothea bebe a vodca em dois goles e encolhe-se. Suspira, mas parece mais um fardo do que um alívio. Pega a garrafa de vodca da mesa perto da cama e tateia em sua bolsa, puxando a garrafinha portátil de bebida. Ela a enche, deixando vazar um pouco, e recoloca a tampa.

Janie não diz nada.

Dorothea fecha sua bolsa e vira-se para a filha. Janie ajuda-a com os sapatos.

– Pronta? – pergunta Janie. – Depois de você.

Dorothea concorda com a cabeça. Ela caminha com passos não firmes ou seguros até o corredor.

Cabel sorri quando as duas se aproximam. Ele está usando um terno cinza-escuro e fica maravilhoso demais nele. Os cabelos dele estão domados e ainda molhados, enrolando um pouco sobre o colarinho.

– Sinto muito por sua perda, senhora Hannagan – diz ele, oferecendo o braço a ela.

Dorothea parece surpresa por um minuto, mas recompõe-se e pega o braço dele enquanto ele a conduz até a porta e para o lado de fora da casa, até o carro que os espera.

– Obrigada – ela diz, com rara dignidade.

10h49

Eles chegam cedo ao cemitério. O local do enterro é óbvio pela pilha de terra, pelo caixão de pinho suspenso e pelo rabino e funcionários do cemitério em volta. Há diversas outras pessoas paradas, em pé, em silêncio, ali por perto também. Cabel estaciona ao lado da estrada estreita.

Janie sai do carro e ajuda a mãe a sair do banco da frente. Os três caminham juntos enquanto o rabino os cumprimenta.

– Bom-dia – diz ele. – Sou o rabino Ari Greenbaum.

Ele estende a mão para cumprimentá-los.

Janie pega na mão dele.

– Sou Janie Hannagan. Essa é minha mãe, Dorothea Hannagan, e esse é meu amigo, Cabel Strumheller. Sou filha do falecido – ela está orgulhosa de não gaguejar ao falar isso, mas veio praticando em sua mente. – Obrigada por nos ajudar com isso. Nós... nenhum de nós é judeu. Não, na verdade, não. Eu acho – ela fica corada de vergonha.

O rabino sorri de forma cordial, aparentemente não incomodado com a notícia. Vira-se e caminham juntos até o local do enterro. O rabino Greenbaum fala sobre os detalhes da cerimônia e entrega a cada um deles um cartão com o Salmo 23.

Dorothea fica olhando fixamente para as palavras no cartão. Olha para o caixão. Olha furiosa para ele. Sua boca treme, mas ela permanece calada.

Os estranhos aproximam-se e ficam em pé, parados em torno do local do enterro, diversos homens e mulheres também.

– Da minha congregação – explica o rabino. – Os homens prepararam o corpo de seu pai para o enterro e ficaram sentados com ele durante a noite toda, depois transportaram o caixão até aqui.

Janie olha para cima, grata. E pensar que isso tudo é tão estranho, mas um pouco belo também. Foi muito atencioso essas pessoas fazerem isso, e passarem seu tempo vindo ao funeral de um estranho.

Eles ficam em pé, parados, perto do túmulo, e esperam. Até mesmo os pássaros estão quietos quando chega o calor do dia.

Janie fica com o olhar cravado no buraco. Vê uma fina raiz de árvore, recém-cortada, com a ponta branca saindo da terra. Imagina o caixão no fundo de um poço, debaixo de toda aquela terra pesada, com as raízes crescendo e envolvendo-o; atravessando o caixão, agarrando o corpo. Balança a cabeça para livrar-se de tais pensamentos e olha para cima, para o céu azul.

Atrás dela, Janie ouve mais carros se aproximando. Vira-se para olhar e vê dois carros preto e branco. Os sargentos Baker, Cobb e Rabinowitz saem dos carros, vestindo uniforme. Atrás dos carros dos policiais está um sedã preto, e a Capitã sai de dentro dele.

Charlie e Megan Strumheller estão logo atrás, ainda bronzeados da semana que passaram no lago. E então a Ethel é estacionada, com Carrie e Stu. Janie solta umas lágrimas. Ao longe, um grande caminhão marrom da UPS chega fazendo barulho na estrada estreita do cemitério. Janie não consegue acreditar – todas aquelas pessoas vindo ao funeral. Ela olha para Cabe, incrédula.

– Como eles souberam? – sussurra.

Ele sorri e encolhe os ombros.

É chegada a hora.

O rabino cumprimenta a pequenina congregação que ali está e fala durante um momento.

E então.

– Possa ele ir para o seu local de descanso em paz – diz o rabino.

Antes que Janie possa pensar, os funcionários do cemitério abaixam o caixão e logo todos estão olhando para baixo, para o seu pai, em uma caixa. Ao lado de Janie, Dorothea aspira ruidosamente e fica mexendo o corpo, indo para a frente e para trás. Janie pega a mãe pelos ombros e faz com que ela fique parada, quando o rabino começa a falar de novo.

E, enquanto Janie absorve a maré e o fluxo das palavras do rabino, a cadência musical dos salmos, uma pequena parte dela fica sufocada naquele caixão de pinho no solo também.

– O Senhor é meu pastor e nada me faltará.

Janie é chamada para a realidade, esquecendo-se de seus pensamentos por um momento, pelo grupo a seu redor recitando em voz alta. Apressa-se para achar onde deveria estar lendo no folheto e começa a ler junto.

E então, o rabino pergunta se alguém quer contar alguma história sobre Henry.

Janie fica com o olhar cravado na grama.

Depois de um momento, Cathy, vestindo seu uniforme marrom, padrão da UPS, pigarreia e dá um passo à frente. Janie pode sentir que sua mãe está ficando com o corpo rígido.

– Quem é aquela? – sussurra Dorothea para Janie.

Janie aperta o ombro de sua mãe e não diz nada.

– Henry Feingold era meu cliente e, com o passar dos anos, nós nos tornamos bons amigos – diz Cathy, com a voz hesitante. – Ele sempre tinha uma xícara de café para oferecer, ou uma bebida refrescante. E, quando descobriu que eu gostava de colecionar globos de neve, começou a procurar por eles quando estava comprando coisas para sua lojinha na internet. Ele era um homem realmente atencioso, e vou sentir falta dele na minha rota de trabalho... Sou grata a você, Janie, por me avisar que ele faleceu. Assim eu pude ter uma chance de dizer adeus. E é isso – Cathy dá um passo para trás, voltando ao seu lugar.

– Obrigado. Mais alguém?

Cabel cutuca Janie. Ela o cutuca de volta.

E então, e então.

Dorothea diz:

– Eu quero dizer alguma coisa.

Janie fica apavorada por dentro.

O rabino concorda com um aceno de cabeça, e Dorothea dá uns passos inseguros até onde ela pode se virar e ficar de frente para a multidão.

O que ela vai dizer? Janie dá uma olhada para Cabe, vê que os olhos dele também estão marcados pela preocupação.

A voz fina de Dorothea não é facilmente ouvida neste amplo local aberto.

Pelo menos, não até ela começar a gritar.

– Henry era o pai da Janie aqui. O único homem que já amei na vida. Mas ele me deixou depois que larguei a escola por causa dele, e meus pais não me deixaram voltar para casa. Ele era louco e uma pessoa horrível. Ele arruinou minha vida e estou feliz de que esteja morto.

Com isso, Dorothea tateia desajeitadamente pelo zíper de sua bolsa.

– Ah, meu Deus! – sussurra Cabe.

A pequena multidão fica totalmente chocada, em silêncio. Janie apressa-se e guia sua mãe de volta ao lugar onde estavam antes. Sente seu rosto fervendo e ficando vermelho. O suor escorre por suas costas. Intencionalmente, Janie desvia os olhos dos convidados. Mortificada.

Não ajuda em nada o fato de Dorothea conseguir abrir sua bolsa e fazer o esforço mínimo de esconder que está bebendo um gole da garrafinha de bebida.

O rabino Greenbaum apressa-se para falar alguma coisa.

Cabe descansa a mão nas pequenas costas de Janie para confortá-la. Olha para o chão, e Janie pode ver o olhar de quem se divertiu com aquilo estampado no rosto dele. Sente vontade de dar uma pisada no pé dele. E de empurrar sua mãe para dentro do buraco cavado no chão. Imagina em que tipo de seriado de TV aquilo se transformaria se fizesse isso.

Janie levanta o olhar e chama a atenção do rabino.

– Posso dizer uma coisa? – ela pergunta.

– É claro – diz o rabino Greenbaum, embora não pareça muito certo disso.

Janie fica onde está, parada, em pé, e simplesmente olha para o caixão.

– Conheci meu pai há uma semana – diz ela. – Nunca o vi se mexer, nunca olhei nos olhos dele. Mas naquele curto período, descobri muita coisa sobre ele. Ficava na dele, não incomodava ninguém, meramente vivendo a vida da melhor forma que podia. Ele não era louco – ela continua.

– Era sim – murmura Dorothea.

– Ele não era louco – repete Janie, ignorando a mãe –, só tinha um problema incomum que é realmente difícil de explicar a qualquer pessoa que não entenda isso – sua voz fica presa na garganta. Ela olha para sua mãe. – Acredito e sempre vou acreditar que Henry Feingold foi uma boa pessoa. E não estou feliz de modo algum que ele tenha morrido... – o lábio de Janie treme. É como se a perda de sensações estivesse passando de repente. – Gostaria de tê-lo de volta para que eu pudesse conhecê-lo – lágrimas escorrem por seu rosto.

Quando fica claro que Janie tinha falado tudo o que queria dizer, o rabino conduz a Kaddish, uma prece. Então, ele sorri e faz um sinal para que Janie vá até o outro lado do túmulo, guiando-a até a pilha de terra. Cabel pega Dorothea pelo braço e vai em seguida. Há diversas pás no solo. Cada um deles pega uma das pás.

Janie pega uma pá cheia de terra e segura-a sobre o chão no solo. Um filete de terra desliza e cai, atingindo o caixão lá embaixo. Ela mal consegue virar a pá. O rabino murmura algo sobre voltar ao pó e, por fim, ela vira a pá. O som pesado da terra batendo na madeira faz seu estômago doer.

Dorothea faz o mesmo, com os braços tremendo, Cabel também e, lentamente, todos os membros da pequena multidão pegam uma pá cheia de terra e jogam no buraco. Eles continuam a enchê-lo.

E é então que Dorothea perde completamente a compostura.

Ela cai de joelhos, quase como se só neste momento tivesse percebido a realidade.

– Henry! – ela grita.

Seus soluços em meio ao choro vão aumentando até causar tremores. Janie só fica do lado dela, incapaz de ajudá-la. Nem está disposta a tentar fazer com que pare.

Que confusão! Janie pode imaginar a cena, todos os caras do departamento falando sobre a mãe de Janie, a bêbada, a que arruinou um funeral, a que detonou tudo em volta dela e tinha uma filha ilegítima, e que não serve para nada além de ser uma completa vergonha. Balança a cabeça, com as lágrimas escorrendo pelas bochechas, enquanto pega mais terra com a pá.

Seja lá como for, não faz diferença.

Quando terminam de jogar o monte de terra fresca que cobre o caixão, Janie sabe que tem de encarar os convidados. Cabel leva Dorothea até o carro.

Janie coloca sua pá no chão. Endireita-se novamente, e a Capitã está lá.

A Capitã abraça Janie. Abraça-a forte.

– Você foi bem – diz ela. – Sinto muito mesmo por sua perda.

– Obrigada – diz Janie, com lágrimas escorrendo de novo. Não é a primeira vez que Janie chora no ombro da Capitã. – Estou tão envergonhada.

– Não fique – a voz da Capitã é firme, parece um comando. Para Janie, é bom ter outro alguém comandando a cena, pelo menos por um instante. Um alívio. A Capitã bate de leve nas costas dela. – Você vai ficar sentada aqui como se fosse o deus Shiva?

Janie afasta-se para olhar para ela.

– Acho que não. O que foi isso?

A Capitã sorri.

– É um momento de luto. Geralmente dura uma semana, mas pode ser o quanto você decidir.

Janie balança a cabeça em sinal de negativa.

– Nós... eu não... eu nem sabia que era meio judia até a semana passada. Nós não praticamos, nem nada.

A Capitã concorda com a cabeça. Pega a mão dela.

– Dá uma passada no meu escritório quando estiver pronta. Sem pressa, certo? Acho que precisamos ter uma conversa.

Janie concorda com a cabeça.

– Precisamos mesmo.

A Capitã aperta a mão de Janie, que depois cumprimenta os caras do departamento. Janie quer tentar explicar, desculpar-se pelo comportamento da mãe, mas os caras não a deixam dizer uma palavra a respeito. Oferecem a ela condolências e, perto do final, já estão fazendo Janie rir. Como sempre.

A sensação é boa.

Cathy continua perto do túmulo até que os caras tenham ido embora, e então se aproxima de Janie.

– Obrigada pelo bilhete.

– Ele ficaria feliz de você ter vindo, creio eu – diz Janie.

– Deixei mais algumas caixas. Estão do lado de fora, na escada da casa dele. Você quer que eu as devolva ao remetente?

Janie pensa por um momento.

– Não – diz ela. – Vou cuidar disso. Provavelmente, terei algo para entrega amanhã, então, bem... – Janie não quer explicar as coisas ali. Ela terá todo o tempo do mundo para conversar com Cathy na semana seguinte.

– É só solicitar uma coleta como você fez da última vez pela internet, certo? Eu me certificarei de ir lá pegar – Cathy olha para seu relógio. – Se cuida. Sinto muito mesmo.

– Acho que você o conhecia melhor que ninguém, Cathy. Sinto muito também.

– É. É, obrigada – Cathy olha para baixo. Vira-se e caminha até seu caminhão.

Charlie e Megan dão um abraço duplo em Janie.

– Vai ficar tudo bem com você, garota? – pergunta Charlie.

– Claro que vai – diz Megan. – Ela é forte como um touro. Mas estamos aqui se precisar, o.k.?

Janie assente com a cabeça, agradecendo a eles.

E então Carrie e Stu estão lá, oferecendo conforto. Stu está vestindo a mesma camisa e a mesma gravata fora de moda que usou na formatura, e isso faz com que Janie sorria ao se lembrar. Tanta coisa aconteceu desde então.

– Nem acredito em quanta gente veio! – diz Janie. – Obrigada. Significa muito para mim.

Carrie pega a mão de Janie e aperta-a.

– É claro que a gente ia vir, idiota!

Janie sorri e aperta a mão de Carrie em retorno.

– Hei – ela diz –, onde está seu anel? – e então ela para, preocupada.

Carrie abre um grande sorriso e agarra a mão de Stu com sua mão livre.

– Desencana. Decidimos que não estávamos bem prontos para isso, então, eu o devolvi. Ele está mantendo o anel em segurança, não é, docinho?

– Muito – diz Stu. – Aquela coisa custou tremendamente caro.

Janie abre um grande sorriso.

– Fico feliz por vocês estarem bem. Obrigada de novo por virem, e, Carrie... obrigada por tudo que você fez.

– O funeral mais divertido ao qual já fui na vida – diz Carrie.

Stu e Carrie acenam em despedida e atravessam o gramado até chegar na Ethel, de mãos dadas, balançando. Janie observa-os indo embora.

– É – ela diz. – Bom para vocês, ursinhos carinhosos.

Janie vai até os estranhos que permanecem lá, em um grupo pequeno, conversando baixinho.

– Muito obrigada por tudo que vocês fizeram – diz Janie.

Um deles fala por todos.

– Não precisa agradecer. É uma honra velar pelos corpos dos falecidos. Nossas mais sinceras condolências, minha querida.

– Eu... obrigada. Ahm... – Janie fica ruborizada. Olha ao seu redor e dá uma espiada no rabino. Vai até ele para despedir-se. Depois disso, não vendo mais ninguém, Janie dirige-se até o carro.

– Nem uma única flor! – Dorothea está dizendo. – Que tipo de funeral é esse?

Cabel bate de leve na mão da mulher.

– Judeus não acreditam que cortar algo vivo honre os mortos, senhora Hannagan. Eles realmente não cortam flores.

Janie fecha a porta e reclina a cabeça no banco. Está agradavelmente fresco lá dentro.

– Como você sabe disso, Cabe? – ela pergunta. – Pergunte-a-um-rabino.com?

Cabel ergue levemente o queixo e coloca o carro na garagem.

– Pode ser.

16h15

Quando alguém bate à porta de tela, Janie acorda de um cochilo no sofá, com sua mãe seguramente enfiada em seu quarto. Ela balança os cabelos e pega seus óculos.

É o Rabinowitz.

– Oi. Entra – diz Janie, surpresa.

Ele está carregando uma caixa em uma das mãos e uma cesta de frutas no outra. Leva-as para dentro e coloca-as no balcão da cozinha.

– Isso vai ajudar a adoçar a sua tristeza – diz ele.

Janie fica pasma, mas alegre.

– Obrigada.

As palavras parecem pequenas demais para expressar o que ela está sentindo.

Ele sorri e se desculpa.

– Ainda estou no meu turno, mas eu quis deixar isso aqui. Sinto muito por sua perda, Janie – ele acena em despedida e esquiva-se até a porta.

Tudo ótimo.

Tudo isso.

Só torna as coisas mais difíceis.

16h28

Deita-se de novo no sofá, cheia de bolo.

Pensa no que vem em seguida.

Sabe que logo terá de dizer adeus para Cabe, para sempre.

E aquilo?

Apesar dos benefícios,

Vai ser a coisa mais difícil que ela já fez na vida.

18h04

Ela caminha até a garagem da casa de Henry, com a mochila nas costas, carregando uma mala e uma sacola com roupas. Duas caixas esquecidas estão na porta da frente. Janie entra na casa para depositar suas coisas, e então pega as caixas e leva-as para dentro.

Ela rasga para abrir a primeira caixa e tira um casaco de neve de bebê de dentro dela. Vai até o velho computador e liga-o. Folheia o caderno que contém o registro de pedidos e abre a gaveta de arquivos que está debaixo da mesa. Reembala o casaco de neve e escreve o endereço na caixa.

Janie abre a segunda caixa. Puxa uma embalagem envolta em

plástico bolha.

Um globo de neve.

Não está na lista de itens que precisam ser enviados.

É para Cathy; ela tem certeza disso.

Paris. Janie sacode o globo e observa a neve de purpurina dourada se mexendo em volta da Torre Eiffel, feita de plástico cinza, e da Catedral de Notre Dame.

Tremendamente cafona.

Ainda assim, totalmente cheio de um quê de especial.

Janie sorri, embrulha-o novamente e coloca-o de volta na caixa. Escreve na caixa, com um marcador preto:

PARA CATHY, UM ÚLTIMO PRESENTE.
DE HENRY.

Janie encerra os negócios de seu pai, e então procura e encontra o antigo contrato de aluguel. Descobre que Henry vem pagando mês após mês desde 1987, meramente enviando um cheque pelo correio, de boa-fé, para que chegue no primeiro dia de cada mês. Vai ser fácil continuar a partir daí.

Ah, ela vai notificar o senhorio sobre a morte de Henry. Mas há de fazer uma proposta muito tentadora a ele, para que aceite Janie como a nova inquilina. Ela pode até mesmo pagar pelo primeiro ano adiantado, se precisar.

Desliga o computador.

Puxa os lençóis da cama, tirando-os de lá, e coloca-os na pequena e velha máquina de lavar. Decide que vai limpar o lugar e dormir ali esta noite.

Ali, em seu novo lar.

É um tremendo de um imenso alívio.

LEMBRANÇAS

20h43 – Ainda o dia do funeral.

A primeira noite em seu novo lugar. Primeiro dia de isolamento.

Com a roupa lavada, o pó da casa tirado, o sanduíche comido, a lista de compras na mercearia feita, Janie senta-se em sua nova cama com a caixa de sapatos de Henry cheia de lembranças.

Dentro:

- catorze cartas de Dottie
- cinco cartas não abertas de Henry para Dottie, marcadas com "Devolver ao Remetente"
- uma pequena e manchada medalha de um time escolar do interior

- um anel da equipe de corredores do ensino médio
- dois envelopes com fotografias
- uma moeda de um dólar canadense e uma moeda de prata de um dólar americano
- nove clipes de papel
- uma carteira de motorista antiga
- e um pedaço dobrado de papel

Com bastante cuidado, Janie pega as fotografias e tira-as dos envelopes, olhando uma por uma. Instantâneos de Dorothea – toneladas deles. Fotos dos dois, rindo. Divertindo-se. Beijando-se, e deitados juntos na praia, com sorrisos jubilosos nos rostos. Nas grandes rochas cinzas perto do lago Michigan, uma plaquinha onde se lê "Píer da Marinha". Eles parecem bem juntos. Dorothea está bonita, especialmente quando sorri. Inacreditável.

Janie também reconhece a sala de estar nas fotos. Henry com os pés apoiados na mesma mesinha de centro, as mesmas cortinas nas janelas, com Dorothea esticada na mesma porcaria de sofá, embora tudo isso pareça praticamente novo nas fotos. Tudo é igual. Janie olha de novo para as fotos do casal feliz.

Bem, talvez nem tudo seja igual.

Janie coloca as fotos em ordem cronológica, de acordo com a marcação de data em cada canto delas, e imagina o namoro. O verão tempestuoso de 1986 em que trabalharam juntos no Lou's, em Chicago. Não tem fotos no outono – deve ter sido uma época em que ficaram separados, Dottie fazendo o ensino médio e Henry na UM. Janie dá uma espiada nas cartas de Dorothea que estão na caixa de sapatos e vê os selos do correio em cada envelope aberto – todos foram marcados com datas entre 27 de agosto e outubro daquele ano. *Catorze cartas escritas à mão em dois meses,* pensa Janie. Isso que é amor.

O segundo conjunto de fotos começa no meio do mês de novembro de 1986, e a última foto é datada de 1º de abril de 1987.

Dia da mentira. Vai entender. Janie faz a matemática reversa a partir de seu aniversário, 9 de janeiro de 1988. É por aí mesmo, ela pensa. Nove meses antes, teria sido 9 de abril de 1987. Não muito tempo depois da última foto, antes de eles fazerem um bebê e então se separarem.

Ela passa os dedos pelas cartas, extremamente curiosa. Irresistivelmente curiosa. Morrendo de curiosidade. Ela até mesmo pega a primeira e passa seu dedo indicador pela dobra da carta dentro do envelope. Mas então coloca a carta no lugar.

É como se as cartas fossem sagradas ou algo assim.

Isso e... eca. Provavelmente tem algo nojento escrito lá dentro. Seria quase tão ruim quanto ser sugada para dentro de um sonho sexual da mãe dela. Eca! Argh! Blergh! Uma vez que você tenha lido alguma coisa, não consegue apagar tal coisa da cabeça.

Janie coloca as cartas e as fotografias de volta dentro da caixa. Ela pega a moeda de um dólar canadense e imagina quanto tempo se passou desde que seu pai visitou o Canadá. Sorrindo, coloca a moeda de volta no lugar, ao lado da moeda prateada de dólar, e pega a medalha que ele ganhou numa corrida. Vira-a entre seus dedos, segurando-a perto do rosto e apertando os olhos para conseguir ver todos os pequenos recessos e rachaduras.

– Sou uma corredora também – diz ela suavemente. – Apenas de uma espécie diferente. Do tipo que corre nas estradas.

Ela segura a medalha e então prende-a em sua mochila.

Em seguida, Janie olha para a carteira de motorista. Era a primeira dele, que expirou faz anos. A foto é hilária, e a assinatura é uma versão de menino daquela que Janie viu na casa.

E então Janie pega o anel da escola. Está gravado 1985 em um dos lados, e *LHS*, no outro. Há uma pequena gravação de um corredor logo abaixo das letras. O anel é de ouro com uma pedra de rubi, e é bonito. Janie imagina-o no dedo de Henry, e depois volta para as fotografias e espia-o lá, em sua mão direita. Ela desliza-o em seu próprio dedo. É muito grande. Mas cabe em seu dedão. Ela tira-o e coloca-o de volta na caixa.

Então, pega-o de novo.

Coloca-o no dedão.

Gosta de como se sente.

23h10

Depois de analisar as cartas mais uma vez, Janie encontra o pedaço dobrado de papel com palavras impressas. Abre-o.

> Morton's Fork
>
> 1889, em referência a John Morton (1420-1500), arcebispo de Canterbury, que coletava tributos forçados para o governo de Henrique VII, argumentando que os obviamente ricos podiam pagar e os obviamente pobres viviam frugalmente e, sendo assim, tinham economias e podiam pagar também.
>
> Fonte: American Psychological Association (APA[7]):
>
> morton\'s fork. (n.d.). Online Etymology Dictionary. Extraído do website Dictionary.com: http://dictionary.reference.com/browse/morton\'s fork

[7]Em português, Associação Americana de Psicologia. (N.T.)

Janie lê novamente. Lembra-se do marcador no livro e dos favoritos da internet. Lembra-se do que dizia o bilhete da senhorita Stubin sobre o desejo de Henry de que Janie considerasse o Morton's Fork.

– Sim, já entendi isso, Henry. Você tinha uma escolha. Eu sei.

Ela considerou isso um milhão de vezes. Sabia disso antes mesmo de saber que Henry existia. Pobre Henry não tinha o caderno verde da senhorita Stubin. Nem mesmo sabia qual era a verdadeira escolha.

– Estou bem à frente de você, homem – ela diz.

Janie sabe qual escolha soa melhor para ela. Ou não estaria ali.

Amassa o papel e joga-o na lata de lixo.

Dá uma última espiada nas cartas. E deixa-as lá.

Apaga a luz.

Vira-se de um lado para o outro, sabendo que amanhã tem muita explicação difícil a dar.

6h11

Ela sonha.

Henry está parado em uma rocha gigantesca no meio das correntes d'água no topo da cachoeira.

Os cabelos dele se transformam em uma colmeia de vespas. Elas zunem raivosamente pelos arredores.

Se ele caísse, as vespas poderiam ir embora, mas Henry morreria na queda da cachoeira.

Se ficasse na rocha, seria picado até a morte.

Janie o observa. Em um banco está sentada a Morte, com seu longo manto preto, sem se mexer com a brisa. No outro banco está a velha Martha Stubin em sua cadeira de rodas. Cega, torta.

Henry deita-se na rocha e tenta tirar as vespas de seus cabelos.

Isso só faz com que elas fiquem furiosas. Elas começam a picá-lo, e ele grita muito, dando tapas nelas, em uma tentativa inútil de detê-las. Por fim, ele cai da rocha e fica pairando sobre a cachoeira. Mergulhando para a morte.

Janie acorda de repente e senta, ofegante, desorientada.

Fica lá sentada, depois se afunda de novo no travesseiro, tentando normalizar a batida de seu coração.

Pensando.

Intensamente.

Mais intensamente.

E então ela caminha até o computador, e espera que ele inicialize e se conecte à internet.

Dá uma pesquisada em Morton's Fork de novo. *Por que esse lance de Morton's Fork simplesmente não desaparece? Por que eu continuo revendo esse conceito estúpido? Eu já sei. Sério. Eu. Já. Entendi. Entendi mais do que o próprio Henry.*

Ela encontra o significado. Faz uma paráfrase dele baixinho: "Uma escolha totalmente de merda entre dois resultados igualmente terríveis". Certo, certo. Certo? EU SEI disso!

Pensa mais um pouco a respeito, caso esteja deixando algo de fora.

Pensa em Henry.

O Morton's Fork de Henry era óbvio. Ele optou pelo isolamento em vez da tortura e a natureza imprevisível de ser sugado para dentro de sonhos. Essa foi a escolha dele. Era isso que ele sabia.

Igualmente terrível.

Sim, Janie poderia argumentar que as opções dele eram igualmente terríveis. É como jogar dados. Imprevisível. Ele poderia ter seguido qualquer dos dois caminhos.

Ela pensa em Martha Stubin. E em como, quando ela era jovem, seu Morton's Fork era exatamente o mesmo de Henry, e ela havia escolhido o outro caminho. Ela não sabia, na época em que fez sua escolha, o que poderia acontecer com ela. Mas depois ela ficou cega e aleijada.

O que adiciona um fator à equação. Torna diferente o Morton's Fork de Janie.

Janie tem mais informações que os outros dois tinham.

Ainda assim, isso não é novidade nenhuma. Ela tem essas informações por causa do caderno verde.

Igualmente terríveis.

O termo incomoda o cérebro de Janie, e ela começa a andar a passos medidos pela casinha, com o chão de madeira fresco e suave sob seus pés descalços.

Abre a geladeira e fica olhando para dentro dela, realmente sem o desejo de ver o que tem lá dentro, e pensa em suas opções.

Argumenta consigo mesma.

Sim, é igualmente terrível. Deixar Cabe e a sociedade para viver em uma cabana, sozinha? É, a sensação é bastante terrível. Tão terrível quanto se tornar cega e aleijada? Com certeza!

Não é?

Mas e se Cabe não fosse um dos fatores?

Isolamento. Cair fora para viver sozinha – eremitas fazem isso. Monges fazem isso. Há pessoas que, na verdade, optam por isso. Isolar-se.

Ninguém em sã consciência opta por ficar cego e aleijado; não depois de realmente pensar a respeito, como Janie fez. Martha não optou por isso, simplesmente aconteceu. Ela não sabia que isso aconteceria. Ninguém jamais escolheria isso.

Ninguém.

A menos que a única alternativa seja igualmente ruim.

Ela está pensando. Pensando em Henry. Em como ele viveu. Em como ele morreu. Em como ele finalmente ficou calmo. Depois. Só depois de ter sido sugado para o sonho de Janie.

– Não há o melhor.

Ele tinha dito durante o sonho dele, um pouco antes. Segurando a cabeça. Arrancando tufos de cabelo. Mas ele estava falando sobre sua versão de Morton's Fork. A escolha dele. Janie sabe que Henry não poderia ter sabido qual era a verdadeira escolha... ele não sabia sobre a senhorita Stubin e sua cegueira, suas mãos. É provável que ele ainda não saiba, a menos que ela tenha contado a ele. Depois.

7h03

O cérebro de Janie não deixa o assunto morrer.

Por quê... e se?

E se o problema no cérebro de Henry não fosse, na verdade, uma doença, como um tumor ou um aneurisma, que as pessoas normais têm?

E se... e se fosse uma consequência?

As enxaquecas, a dor. Arrancar os cabelos. Como se houvesse pressão demais.

De não usar a habilidade.

Pressão de não entrar nos sonhos de outras pessoas.

Tanta pressão que partes do cérebro dele explodiram.

– Nãoooo – ela diz, com uma voz suave.

Fica lá sentada, paralisada.

Em choque.

E então deixa a cabeça cair. Descansa a bochecha na escrivaninha.

Lamenta.

– Merda, Henry – diz ela num tom suave. Suspira e fecha os olhos, e eles começam a doer e a arder. – Você e sua merda de Morton's Fork!

O ÚLTIMO DIA

Quinta-feira, 10 de agosto de 2006, 7h45

Janie ainda está sentada à escrivaninha de Henry. Em estado de choque. De negação.

Mas, lá no fundo, ela sabe que é verdade. Tem de ser. Faz todo o sentido.

Não consegue acreditar que tudo se reduza a uma escolha totalmente diferente daquela em que ela – e a senhorita Stubin – haviam pensado esse tempo todo.

Não entre o isolamento e ficar cega e torta.

Mas entre ficar cega e torta e isolar-se até o cérebro explodir.

– Ahhhhhhhh! – grita Janie. Tem algo ótimo em relação a essa casinha no meio do nada. Ela pode gritar e ninguém vai chamar a polícia.

Ela cai de volta na cadeira da escrivaninha. Então se levanta lentamente.

Cai na cama e só fica lá deitada, olhando fixamente para a parede.

– E agora? – ela sussurra.

Ninguém responde.

9h39

Ela levanta-se. Olha em volta da pequena cabana. Balança a cabeça.

Lamentando.

Lamentando muito mesmo.

E agora, olhando para as recém-descobertas opções de merda, um verdadeiro Morton's Fork, ela percebe que tem uma nova escolha a fazer.

Senta com as pernas cruzadas na cama, com caneta e papel na mão e coloca tudo no papel. Prós e contras. Benefícios e detrimentos. Merda *versus* bosta.

A vida da senhorita Stubin ou a vida de Henry?

Qual delas Janie quer?

– Sem arrependimento – disse a senhorita Stubin no caderno verde. Mas ela não disse a verdade.

– Não tem o melhor – disse Henry no sonho. Ele não sabia também.

Janie, sozinha no mundo, é a única que sabe qual é a escolha real.

10h11

Liga para a Capitã.

– Komisky. Hei, Janie, como vai?

– Oi, Capitã... bem, eu acho. A senhora tem tempo para conversar hoje?

– Um segundo – Janie ouve as pontas das unhas da Capitã fazendo estalinhos no teclado do computador. – Que tal ao meio-dia? Pego comida para viagem e podemos almoçar no meu escritório. Boa ideia?

– Excelente ideia – diz Janie.

Desliga o telefone.

Sente um tremendo frio na barriga.

E então.

Balança a cabeça e começa a fazer as malas.

Colocando na mala as coisas que havia levado para lá, enfiando-as de qualquer jeito dentro da mala para que caiba tudo. Esperando carregar tudo de uma vez só.

Vai voltar para casa.

Se não fosse por Cabe, ela provavelmente apenas arriscaria. Ficar isolada. Em caso de ela estar bem errada sobre o que realmente aconteceu ao Henry.

Mas ela tem absoluta certeza de que está certa.

É uma intuição.

Então.

Lá está.

Janie pega uma sacola de compras que estava debaixo da pia de Henry e enche-a com todas as coisas que não couberam em sua mala. Balança a cabeça de vez em quando.

Ainda não consegue acreditar nisso.

Antes de partir, liga para o senhorio de Henry para informá-lo que Henry faleceu. Então, ela fecha de vez a loja on-line de Henry, agenda uma coleta para o último item remanescente e deixa o globo de neve de presente do lado de fora com um aviso, para que Cathy o veja.

Coloca sua mala no chão. Fecha a porta atrás de si, deixando-a destrancada, tal como a encontrou.

Respira fundo o ar do interior e segura-o, expirando lentamente.

Pega sua mala. E parte.

Sai esmagando os cascalhos da passagem para carros como uma pessoa sem lar, carregando toda aquela porcariada.

Não olha para trás.

Quando chega em casa, coloca as coisas nos devidos lugares em seu quarto e tira da sacola a caixa de sapatos, com todas as cartas intocadas. Janie, com a medalha presa em sua mochila e o anel no polegar, carrega a caixa até a cozinha e coloca-a no balcão, ao lado das frutas e do bolo, tentadores presentes de Rabinowitz.

11h56

Janie cumprimenta os caras enquanto atravessa o departamento até o escritório da Capitã. Para à mesa de Rabinowitz para agradecê-lo novamente pelos doces, mas ele não está lá. Janie sorri e rabisca um bilhete em um pedaço de papel.

Então, ela bate na porta da Capitã.

– Entre!

Janie entra. O cheiro de comida chinesa faz seu estômago roncar. A Capitã está arrumando pratos de papel e garfos de plástico. Ela abre os recipientes de comida e sorri calorosamente.

– Como vai?

Janie fecha a porta e senta-se.

– Ah, você sabe – diz ela, levianamente. – Louca como sempre.

Pega os guardanapos e tira um de uma pequena pilha, colocando-o ao lado do prato da Capitã.

– Sirva-se – diz a Capitã.

Elas distribuem a comida em porções.

A sensação é esquisita, o silêncio, só as duas. Comendo. Janie fica mexendo no anel novo em seu polegar e, acidentalmente, derruba molho do frango xadrez em seu top branco. Tenta desesperadamente limpá-lo com o guardanapo antes que não saia mais.

A Capitã busca algo em sua gaveta – gaveta esta que parece conter tudo de que alguém poderia vir a precisar – e puxa de lá um pacote individual de lenços umedecidos. Joga-o para Janie.

Janie solta um grande sorriso e rasga o pacotinho.

– Você tem praticamente de tudo nessa gaveta. Lanchinhos, faixas esterilizadas, lencinhos para limpar manchas de comida, utensílios de plástico... o que mais?

– Qualquer coisa e tudo de que uma pessoa precisa para sobreviver por vários dias – diz a Capitã. – Kit de costura para emergências com botões, prendedores de cabelo, cosméticos, kit de chaves de fenda, canivete suíço e... não, você não pode pegá-lo emprestado, pois é daqueles dos mais caros. Vejamos... apito de cachorro, guloseimas para cachorros, apito de polícia, antídoto para veneno, EpiPen (dispositivo para autoinjeção de adrenalina), garrafinhas d'água... e a tradicional bagunça de elásticos, clipes de papel e selos de correio que já não são mais válidos. Alguns centavos.

Janie ri. Relaxa.

– Isso é incrível!.

Dá uma mordida na comida.

– Fui escoteira – o rosto sério da Capitã nunca mostra sinal algum de hesitação.

Janie bufa e então imagina se a Capitã não estava brincando.

Nunca se sabe, em se tratando dela.

– Então – diz a Capitã. – Temos muita coisa para colocar em dia – ela adiciona creme a seu café. – Minha avaliação brilhante é que sua emergência familiar da semana passada tinha algo a ver com a morte do seu pai. Certo?

– Sim, é verdade – diz Janie.

– Por que diabos você não me contou o que estava acontecendo antes?

Janie olha para cima com um ar severo.

– Eu...

– Somos família aqui, Hannagan. Sou sua família, você é minha família, todo mundo aqui é um membro dessa família. Não se dispensa a família. Conte para mim quando algo importante assim estiver acontecendo, está me ouvindo?

Janie pigarreia.

– Não queria incomodá-la. Eu nem mesmo o conhecia. Ele ficou inconsciente o tempo todo.

O suspiro da Capitã sai como se fosse uma rajada de aviso de um motor a vapor.

– Pare com isso!

– Sim, senhor.

– Ainda bem que o "santo" Strumheller teve o bom-senso de me falar sobre o funeral, ou você estaria ferrada.

– Sim, senhor – Janie está perdendo a fome. – Sinto muito.

– Bom. Agora, seu pai. Vamos falar sobre ele. Ele era um apanhador de sonhos também?

O queixo de Janie cai.

– Como você sabe?

– Você citou isso em seus dizeres finais. Nas entrelinhas. Disse que ele tinha problemas que as pessoas não entenderiam, mas que você entendia, ou algo do tipo. Pessoas comuns não teriam imaginado o que você quis dizer.

Janie concorda com a cabeça.

– Eu não pretendia dizer aquilo... simplesmente saiu. Mas, sim, ele era um apanhador de sonhos que vivia em isolamento.

– Ahhh, isolado. Como você está considerando fazer. Bem, não é de se admirar que não soubéssemos dele – diz a Capitã. – Como você descobriu?

– Entrei nos sonhos dele.

– Hã?!

– Hum... é. Descobri algumas coisas interessantes!

– Aposto que sim! E como você conheceu essa motorista da UPS, senhorita Hannagan? Parece um pouco estranho para mim que você nunca tenha falado com seu pai, mas, pelo que ela disse na homenagem dela, aparentemente você teve uma conversa anterior com aquela senhorita de marrom – a Capitã dá uma mordida em seu almoço. – O que é isso no seu polegar? Parece que a escola dos anos oitenta está pulando à frente dos meus olhos. Hum-hum. Nem precisa responder.

Janie solta um grande sorriso. Seu rosto fica vermelho.

– Sim, senhor.

– Que detetive você é! Mesmo quando não está em uma missão.

– Acho que sim.

– Então. Tomou uma decisão? Sobre o que conversamos? O lance do isolamento?

Janie solta seu garfo.

– Sobre aquilo – ela diz, com um olhar de preocupação no rosto. – Eu, hum...

A Capitã olha para Janie nos olhos. Não diz nada.

– Eu ia fazer isso. Quer dizer, tomei uma decisão – Janie está tendo uma terrível dificuldade em dizer isso.

A Capitã mantém o olhar firme.

– E acabou que não vai funcionar, no final das contas.

A Capitã inclina-se para a frente.

– Me diga – diz ela, baixinho, mas com um quê estranho na voz. – Vamos lá.

Janie está confusa.

– O quê?

– Diz! Santo Cristo! Faça isso! Compartilhe alguma coisa que se passa nesse seu cérebro misterioso. Você não tem sempre que guardar tudo lá dentro. Sou uma boa ouvinte. Mesmo.

– O quê? – diz Janie de novo, ainda confusa. – Eu só...

A Capitã assente com a cabeça, encorajando-a.

– Certo, eu acabei descobrindo que Martha Stubin entendeu o lance errado. Minhas escolhas são diferentes: ou eu me torno como ela, ou me torno como ele. Meu pai. Ele se isolou. E o cérebro dele explodiu.

A Capitã levanta uma sobrancelha.

– Explodiu? Termo médico?

Janie ri.

– Na verdade, não.

– O que mais? – a voz da Capitã perde o tom áspero.

– Bem, então eu acho que vou simplesmente viver em casa então. E, creio eu, ir para a faculdade como planejado. Quero dizer, não tem como derrotar o destino... cega e aleijada com vinte e poucos, ou morta por causa de uma explosão cerebral com trinta e poucos. O que você escolheria? Eu creio que, já que tenho o Cabe, eu escolheria ficar cega e aleijada. Isto é, se ele conseguir lidar com isso – Janie lembra-se dos sonhos dele.

– Ele sabe de alguma coisa disso? Alguma coisinha disso tudo?

– Ahm... não.

– Você sabe o que sempre digo, certo?

– Falar com ele. É, eu sei.

– Então, faça isso!

– Tá certo, certo – Janie solta um grande sorriso.

– E uma vez que as coisas estejam certas depois de sua terrível semana, e você esteja se sentindo bem em relação à faculdade, porque isso vai acontecer, nós conversamos sobre você e o seu trabalho. O.k.?

– Certo – Janie suspira. É um grande alívio.

Elas embrulham os restos do almoço.

– Antes de você ir – diz a Capitã, indo com a cadeira de rodinhas até o gabinete de arquivos e abrindo a gaveta do meio –, eis alguma coisa... se não for útil para você, é só jogar fora. Não vou ficar ofendida – ela puxa um papel cor de laranja fotocopiado de um arquivo, dobra-o e entrega-o a Janie. Levanta-se e leva Janie até a porta. – E se você algum dia quiser falar sobre isso, sabe onde me encontrar. Família. Não se esqueça disso.

– Certo – Janie pega o papel e sorri. – Obrigada pelo almoço. E por tudo.

Ela fica em pé e dirige-se até a porta.

– Imagina. Agora, para de me incomodar – a Capitã sorri e observa Janie partindo.

– Simmmmmmm – diz Janie enquanto corre subindo os degraus até o nível da rua.

Uma conversa difícil encerrada. Sai e caminha até o ponto de ônibus. Abre o papel laranja e aperta os olhos, lendo o que tem nele.

Depois de um instante, dobra o papel de novo lentamente, cuidadosamente, e coloca-o em seu bolso.

13h43

Ela pega o ônibus até o ponto de sua vizinhança. Ninguém sonhando nesta tarde.

Caminha até a casa de Cabel.

Ele está pintando a porta da garagem agora.

Janie fica parada no gramado, na lateral da entrada de carros, e observa-o.

Pensa em todas as coisas que aconteceram nos últimos dias. Toda a jornada em que esteve. Os pontos baixos, e os pontos mais baixos ainda.

Ela achou que teria de dizer adeus.

Para sempre.

E agora, não tem de fazer isso.

A sensação deveria ser boa.

Mas ainda tem o problema dos sonhos dele.

Ela pigarreia.

Cabel não se vira.

– Você está calada – ele diz. – Não tinha certeza de quanto tempo você ia ficar aí parada.

Ela morde o lábio.

Enfia as mãos nos bolsos.

Ele se vira. Tem tinta em sua bochecha.

– O que foi? Você está bem?

Janie fica lá parada, em pé.

Tenta fazer com que a tremedeira pare.

Ele vê isso. Coloca seu pincel no chão.

Vai até ela.

– Ah, querida – ele diz, puxando-a para perto dele. – O que foi?

Ele faz carinho nos cabelos dela enquanto ela chora, entre soluços, na camisa dele.

14h15

No gramado, sob a sombra da árvore no quintal dos fundos. Eles conversam.

Sobre os pesadelos dele.

E o futuro dela.
Por um longo, longo tempo mesmo.

16h29

Tudo isso é tão complicado.
Sempre é, com Janie.

É impossível que Janie saiba o que vai acontecer, não importa o quanto tente descobrir. Não importa o quanto Cabe convença Janie de que não fazia ideia de que estava tendo tais sonhos perturbadores, e admita que talvez esteja com medo. Mas ele realmente está lidando com as coisas – ele está mesmo.

Não importa o quanto ambos prometam continuar conversando quando merdas como essas surgirem. Porque isso sempre vai acontecer.

Simplesmente não há felizes para sempre no livro de Janie.

Mas ambos sabem que há algo. Algo bom entre eles.

Há respeito.

E intensidade.

Altruísmo.

Um entendimento entre eles que passa por cima de um inferno cheio de muitas outras coisas.

E tem aquele lance do amor.

Então, eles decidem. Decidem decidir a cada dia que passa o que virá pela frente.

Sem compromissos. Sem grandes planos. Só a vida, a cada dia.

Fazendo progresso. Cortando a pressão.

Já tem pressão o suficiente por toda parte.

E se funcionar, funcionou.

Ela sabe de uma coisa, lá no fundo.
Sabe que é difícil. E bom.

Ele é o único cara para quem ela sempre vai contar.

É O QUE É

17h25. Ainda no último dia.

– Hei, pode me levar a algum lugar esta noite? – as bochechas dela estão vermelhas. E ela tem um maldito chupão. Tire suas conclusões...

– Com certeza. Aonde?

– A um lugar lá em North Maple.

Cabel inclina a cabeça com curiosidade, mas não pergunta nada.

Sabe que ela não vai lhe contar de qualquer forma.

Sorri consigo mesmo e balança a cabeça um pouco, enquanto vai até o fogão preparar o jantar.

– Meu Deus, eu amo você demais – ele murmura.

18h56

Cabel para o carro no prédio. Janie espia janela afora e então dá uma olhada no papel laranja.

– Sim, é isso – ela está nervosa. Incerta quanto a isso. – Você pode ficar um pouco aqui fora, uns cinco minutos, caso, sabe, não seja legal?

– Claro, docinho. Se eu tiver ido embora quando você sair, é só me enviar uma mensagem de texto. Eu volto logo – ele dá uma apertadinha na coxa de Janie, para lhe dar confiança, e um beijo na bochecha. – Provavelmente, vou até uma das livrarias que há por aqui. Talvez eu fique dirigindo pelo campus e dê uma volta pelos arredores.

– O.k. – Janie respira fundo e sai do carro. – Até mais.

Ela caminha, determinada, até a porta. Não olha para trás. Não vê Cabel pegar o papel laranja no banco, onde ela deixou. Ele lê o que está escrito. Sorri.

19h01

Várias pessoas andam em círculos pela sala, pegando café e conversando. Na maior parte, adultos, mas há algumas que parecem ter a idade de Janie. Ela entra na sala, sentindo-se estranha, sem saber onde ficar. Lentamente, apoia-se em uma parede e só fica olhando em volta, com um sorriso forçado no rosto, falso, tentando não fazer contato com os olhos de ninguém.

– Bem-vinda – diz um homem troncudo de meia-idade, enquanto caminha em direção a Janie. – Meu nome é Luciano – ele estende a mão para ela.

Janie aceita o aperto de mão.

– Oi – diz ela.

– Estou feliz por você ter vindo. Já esteve no AA antes?

– Não... esta é minha primeira vez.

– Não se preocupe. Todos temos algo em comum. Vamos começar com isso.

Luciano vira-se para a sala, para que todo mundo arrume um lugar à mesa. Janie acha um lugar para ficar, e um jovem oferece café a ela. Janie sorri agradecida e aceita o café, acrescentando seus tradicionais três cremes e três cubos de açúcar.

O pequeno grupo fica quieto e Luciano começa a falar.

– Bem-vindos ao AA. Para aqueles que são novos aqui, este é um grupo de apoio a pessoas que estão lidando com os efeitos de um alcoólatra em suas vidas. Carl, você gostaria de conduzir a reunião de hoje?

Janie ouve com atenção a introdução e o testemunho de uma mulher à mesa, que fala sobre seu pai alcoólatra e abusivo. Depois disso, Carl conduz uma discussão sobre um dos doze passos.

É bom saber que não está sozinha.

E saber que o fato de Dorothea beber não é culpa de Janie.

Quando acaba, Janie pega uma brochura das estantes. Sai sorrateiramente da sala, enviando uma mensagem de texto a Cabe, dizendo que está pronta, e vai lá para fora, na noite refrescante. Pensando. Percebendo uma tonelada de coisas sobre sua mãe. E sentindo, pela primeira vez, que aquela parte do estresse de sua vida, a parte da responsabilidade, foi tirada dela. A sensação é fantástica, para falar a verdade.

Imagina por que nunca pensou em fazer isso antes.

20h31

Eles circulam pelo campus da UM, primeiro de carro, depois a pé, vagando pelos parques e andando em volta de vários prédios, com Cabel falando o que sabe sobre onde ficam as coisas e como chegar lá. A sensação é bizarra e divertida e intimidante, como uma estranha aventura, vagando pelo campus de uma faculdade tão grande. Logo, eles farão parte disso tudo.

Eles param para tomar sorvete na Stucchi's e dão risada pelo que parece ser a primeira vez em eras.

Quando Cabel deixa Janie em casa, ela beija-o docemente, abraçando-o bem perto de si.

– Estou realmente feliz com o nosso acordo – ela diz.

– Eu também – diz Cabe. – Então... amanhã – ele soa relutante.

– Sim?

– Preciso de algumas coisas para a faculdade. Suponho, contra meu melhor juízo, que deveríamos ir às compras.

Janie abre um grande sorriso.

– Fofo – ela diz. – Vou trazer um garfo, caso tudo isso seja demais para você e precise enfiar algo nos seus globos oculares.

Ele ri.

– Seria irônico se eu ficasse cego antes de você, não seria?

Eles sorriem o mesmo tipo de sorriso torto. Um beijo longo e cheio de sentimento.

23h05

Quando Cabe sai com o carro da garagem, Janie caminha lentamente até sua casa e senta no degrau. Só pensa nas coisas, e mais coisas, e mais coisas ainda.

Como da vez em que Cabel a deixou nesta mesma escada em seu skate.

E pensa na senhorita Stubin, e em como ela nunca, na verdade, teve a chance de despedir-se. Está feliz pelo bilhete na cadeira.

Pensa na Capitã, e seus olhos ficam marejados. Família, ela tinha dito.

É bom ter uma família como aquela.

Janie vira o anel de Henry de modo que se ilumine com o brilho do poste de luz da rua. O rubi reluz. Ela fecha os punhos. Pressiona o anel contra os lábios. Segura-o ali. Então, ergue-o até o céu. Diz:

– Hei, Henry... – e para, porque sua garganta dói demais para continuar.

Janie ouve os grilos e as pererecas cantando e coaxando em seus últimos dias de verão, antes que os sons de folhas secas estilhaçando-se sobrepuje o restante novamente.

Pensa em sua mãe de uma maneira diferente. De um jeito novo, nesta noite. Planeja voltar a outra reunião do AA. Poderia até mesmo compartilhar com eles sua própria história um dia desses. Se sentir vontade de fazer isso. Ou não. Sem decisões apressadas. Sem grandes compromissos. Cada dia, conforme ele vier.

Janie respira fundo e sente o vigor da noite enchendo seus pulmões. Fica sentada por mais um instante no degrau, e então levanta e espia a casa através da janela da cozinha, empurrando seu rosto contra a velha e empoeirada tela, envolvendo seus óculos com as mãos para criar um escudo contra o brilho das luzes da rua. Feixes suaves de luz vindos da janela, na diagonal, atravessam a cozinha.

A caixa de lembranças sumiu.

E o bolo também.

Janie ri baixinho, mas por dentro sente um pouco de dor. Por um instante, deixou todo esse problema para trás. E aqui está ela de novo, e estará, pelo menos por um tempinho.

É difícil ficar animada com isso.

Mas a vida continua.

Tudo progride, em uma direção ou em outra. Relacionamentos, habilidades, doenças, incapacidades. Conhecimento.

Faculdade. Uma nova vida onde poucos vão conhecê-la. Onde poucos vão chamá-la de garota da narcóticos. Mas onde muitos vão sonhar.

Suspira.

Um dia de cada vez. Um sonho de cada vez.

Sua escolha está feita. Pelo momento. Por hoje.

– É isso aí – ela sussurra, para os fios zunindo. – Realmente, é isso aí.

O frio da noite, o preâmbulo para o outono, chegou. E Janie esfrega seus braços descobertos com os pelos arrepiados.

É exaustivo pensar em tudo isso. Em silêncio, ela entra. Tranca a porta atrás dela. Tira seus sapatos e joga sua mochila no sofá. Mas, antes que Janie diga um último boa-noite nesta noite, ela só tem mais uma tarefa em mente.

Ela caminha descalça pelo curto corredor na silenciosa noite.

E para no "portal" para outro mundo.

Há apenas mais um sonho de tristeza a ser alterado.

INFORMAÇÕES SOBRE NOSSAS PUBLICAÇÕES
E ÚLTIMOS LANÇAMENTOS

Cadastre-se no site:

www.novoseculo.com.br

e receba mensalmente nosso boletim eletrônico

novo século®